Hans Petschar

Die junge Republik

Alltagsbilder aus Österreich 1945–1955

Für Erich Lessing

Hans Petschar

UEBERREUTER

Lebenskünstler
NESTLE

Vorwort

Mit der Ausstellung „Die junge Republik. Alltagsbilder aus Österreich 1945–1955" und dem Begleitbuch zu dieser Ausstellung leistet die Österreichische Nationalbibliothek ihren Beitrag zum „Gedankenjahr" 2005. Nachdenken über Österreich heißt auch, sich ein Bild zu machen über eine Zeit, in der die Republik neu erstand und die Nationsbildung Österreichs nach westeuropäischem Vorbild sich vollzog.

In den Archiven der Österreichischen Nationalbibliothek gibt es einen erstaunlichen, äußerst umfangreichen und gut dokumentierten Bestand zur Alltagsgeschichte Österreichs. In über 10.000 Fotografien dokumentierten österreichische und amerikanische Bildreporter das Leben in ganz Österreich zwischen 1945 und 1955: von den Zerstörungen und von den Wiederaufbauarbeiten in den ersten Jahren nach dem Zweiten Weltkrieg, von neuer Lebensfreude und der Hoffnung auf materielles Glück, von den getrennten Welten von Männern, Frauen und Kindern, vom Leben mit den Besatzungsmächten, vom Alltag und Feiertag in den Bundesländern, von der Arbeit und vom Vergnügen, von der Fahrt der Pummerin von Linz nach Wien im Jahr 1952 bis zur bildlichen Dokumentation eines ganz besonderen Tages, der Unterzeichnung des Staatsvertrags im Marmorsaal des Belvederes und der aktiven Teilnahme der Österreicherinnen und Österreicher an diesem symbolischen und identitätsbildenden Akt.

Es sind emotional bewegende Augenblicke und Einzelschicksale, von denen die Bilder und Bildgeschichten erzählen. Es sind Bilder, die von großen österreichischen Fotografen geschaffen wurden und deren *Beiträge zur Nationsbildung Österreichs* im Bildarchiv der Österreichischen Nationalbibliothek ihren Stammplatz haben: Otto Croys fotografische Stillleben über Wien in den Jahren 1945 bis 1949, Lothar Rübelts nüchterne Reportagen über die Hilfslieferungen und Kinderverschickungen, Harry Webers verschmitzter Blick auf die kleinen Dinge des Lebens und Erich Lessings einprägsame und bewusstseinsbildende Aufnahmen der Menschen vor dem Belvedere.

Die Fotos der österreichischen Starfotografen werden begleitet von den Bildgeschichten des Bilddienstes der Amerikaner in Österreich. Mehr als 40 österreichische Fotografen und Journalisten arbeiteten für die Bildsektion der US-Informationsdienste in Österreich und sie kamen bis in die entlegensten Winkel des Landes. Überaus gekonnt und nicht selten mit einem humorvollen Augenzwinkern dokumentierten die Bildreporter den Wiederaufbau in den Städten, den Tälern und Dörfern Österreichs vom Burgenland bis Vorarlberg.

„Die junge Republik" gibt zum ersten Mal einen umfassenden Einblick in eine faszinierende bildliche und textliche Dokumentation unseres Landes, seiner Menschen und seiner Geschichte, verfasst und geschaffen von Amerikanern, die Österreichern das Handwerk der Reportage lehrten, und von Österreichern, die sowohl als Zeitzeugen als auch als Beobachter ihr Fotografenleben gestalteten und die Österreicherinnen und Österreicher auf ihrem Weg zu einer demokratischen Gesellschaft in Bildern begleiteten.

Johanna Rachinger
Generaldirektorin der Österreichischen Nationalbibliotkek

1. KAPITEL

Im Krieg

Die Waffen schweigen
Der Kampf um Wien ist zu Ende; zwischen Stephansdom und Peterskirche zeigt sich ein sowjetisches Aufklärungsflugzeug.
Foto: Otto Croy. Wien. April 1945.

‹‹‹ **Bombenalarm**
Der Hans-Gasser-Platz in Villach im Spätwinter 1945.
Nach einem Voralarm fliehen die Menschen stadtauswärts gegen Westen zu den Luftschutzstollen bei Völkendorf und St. Johann.
Foto: Museum der Stadt Villach.
Villach. Frühjahr 1945.

Die Befreiung Österreichs vom Nationalsozialismus hat keinen Anfang und kein Ende.
Mit schweren Luftangriffen der Alliierten beginnen die kalten, schneereichen Wintertage des Jahres 1945, mit fanatischen Durchhalteparolen der zu „Reichsverteidigungskommissaren" ernannten Gauleiter, die auch in den Stunden des völligen militärischen Zusammenbruchs noch ihre Tötungsbefehle gaben, enden die letzten Tage der nationalsozialistischen Machthaber.
Am 29. März 1945 überschreiten sowjetische Truppen der 3. Ukrainischen Front unter Marschall Fedor Tolbuchin die österreichische Grenze bei Klostermarienberg (Bezirk Oberpullendorf, Burgenland). Am 7. April beginnt die Schlacht um

Die Angst im Gesicht
Die Gefahr scheint gebannt. Eine verängstigte Frau öffnet die Tür des Luftschutzraums. Foto: Otto Croy. Wien. Frühjahr 1945.

Wien, am 13. April ist der Kampf zu Ende. Am 27. April 1945 tritt im Wiener Rathaus mit Genehmigung der Sowjets die provisorische Staatsregierung unter Karl Renner zusammen und erlässt die Proklamation über die Selbstständigkeit Österreichs. Eine offizielle Anerkennung ist damit nicht verbunden. Die Regierung Renner wird von den Westalliierten zunächst nicht anerkannt.
Der Westen Österreichs erlebt Ende April noch schwere Luftangriffe: Linz und Wels am 25. April, Villach am 26. April, Graz am 27. April. Beinahe auf den Tag genau einen Monat, nachdem die sowjetische Armee als erste österreichisches Territorium überschritten hat, marschieren die Amerikaner in Tirol, Salzburg und Oberösterreich (28. April bis 6. Mai), die Franzosen in Vorarlberg (29. April) ein. Erst am 8. Mai treffen die Briten zusammen mit jugoslawischen Partisanenverbänden in Klagenfurt ein.
Mit dem Einmarsch der alliierten Armeen und der Besetzung des Landes bietet sich am 8. Mai 1945 und den darauffolgenden Tagen folgendes Bild: die Sowjets nehmen Wien, Niederösterreich, zwei Drittel der Steiermark und das Mühlviertel in Besitz, die Franzosen gelangen nach Vorarlberg und über den Arlberg bis Landeck in Tirol, die Briten stehen in Kärnten, in Osttirol, im äußersten Lungau und in der westlichen Steiermark, die Amerikaner besetzten das übrige Oberösterreich, Salzburg, Tirol und einen kleinen Teil der Steiermark.
Die Kampfhandlungen sind zu Ende, aber der Krieg und die Folgen des Nationalsozialismus bleiben allgegenwärtig: auf der Straße, in den Häusern, im täglichen Leben, in den Köpfen der Menschen.
Kaum eine andere historische Quelle vermag dies so eindringlich zu verdeutlichen wie die Fotografie. Ein anonymer Amateur hat auf einer Aufnahme, deren Original sich heute im Museum der Stadt Villach befindet, einen beklemmenden Augenblick festgehalten: es ist Tag, die hoch stehende Sonne wirft ihre Schatten auf die Straße, auf der noch vereinzelte Schneehaufen liegen. Im Bildvordergrund angeschnitten sieht man eine Person, die aus dem Bild Richtung Stadtzentrum läuft, und einen Fahrradschatten. Es ist das äußere Ende des Hans-Gasser-Platzes in Villach, es ist ein Tag im späten Frühjahr 1945, es ist Bombenalarm. Im Bildhintergrund fliehen Menschen zu Fuß oder mit dem Fahrrad, teilweise mit Rucksäcken bepackt stadtauswärts gegen Westen.
Am 26. April 1945 erlebt die Eisenbahnerstadt Villach noch einen schweren Bombenangriff. An diesem Tag sind keine Toten mehr zu beklagen, 85 % der Häuser bereits zerstört oder beschädigt. Villach war der wichtigste Verkehrsknotenpunkt im Süden Österreichs, mit Bahnanlagen, die sich über das ganze Stadtgebiet zogen. Sie bildeten den Schwerpunkt der insgesamt 40 Bomber- und Tieffliegerangriffe, bei denen 272 Menschen getötet wurden.
In Wien herrscht bereits Ruhe um diese Zeit, zum Teil beklemmende Ruhe. Der Fotograf Otto Croy hat mit seinem Werk so etwas wie ein Stilleben der ersten

Jahre nach dem Krieg geschaffen. Beinahe zeitlos, wie unmittelbare Ikonen des Kriegsendes in Wien wirken die Bilder: ein sowjetisches Aufklärungsflugzeug zwischen Stephansdom und Peterskirche, eine hagere Frau, die vorsichtig die Tür eines Luftschutzraums für Personen öffnet, ein zerstörtes Gebäude mit der noch aus Kriegszeiten stammenden Reklame „Thea Milch-Margarine schmeckt wie feinste Teebutter" und der Parole: „Kein Volk der Erde hat heute mehr Grund als das deutsche, mit Vertrauen und fester Zuversicht in seine Zukunft zu schauen!"
In der Tat, sagt uns das Bild und sein Autor, die Realität sieht anders aus. Otto Croy dokumentiert diese Realität mit einer Kamera, die er in der ersten Zeit in einem Wassereimer unter einem leeren Erdäpfelsack versteckt, denn Kameras sind bei den Besatzungssoldaten sehr begehrt und Fotografieren ohne Erlaubnis nicht ungefährlich. Mit einer Blindenbinde und einer dunklen Sonnenbrille versehen, manchmal begleitet von seinem Sohn, streift der Fotograf 1945/46 durch den dritten und den zweiten Wiener Bezirk und hält sorgsam ausgewählte Motive fest: zerstörte Panzer, neben denen Kinder spielen, Berge voller Schutt, Frauen, die nach Heizmaterialien suchen und Abfall sammeln, Frauen, die auf der Straße waschen und kochen, Passanten, die zwischen Ruinen und mit Taschen und Säcken beladen über Notstege und schwer beschädigte Brücken gehen. Der Sohn, Peter Croy, erinnert sich an die Streifzüge, an die Schwierigkeiten bei der Besorgung von Filmmaterial, an die Entwicklung der Filme in einem ungeheizten Raum im kalten Winter 1945/46, als er den fotografischen Nachlass seines Vaters der Nationalbibliothek zur Archivierung übergibt.
Eine völlig andere Quelle stellt das umfangreiche Bildarchiv der Bildabteilung der US-Informationsdienste in Österreich (USIS) dar. Etwa 10.000 Fotonegative und deren thematisch geordnete Dokumentation wurde 1977 noch in den originalen olivgrünen Stahlschränken der US Army von der amerikanischen Botschaft dem Bildarchiv der Österreichischen Nationalbibliothek übergeben. Die Pictorial Section der Information Services Branch (ISB), einer anfänglich unter militärischer Kontrolle stehenden Organisationseinheit, entwickelte sich mehr und mehr zu einer hochprofessionellen zivilen Institution, in der unter Aufsicht amerikanischer Presseoffiziere im Stile der amerikanischen Reportagefotografie über Österreich berichtet und ein umfangreiches Archiv aufgebaut wurde, das von österreichischen und internationalen Nachrichtenmedien genützt werden konnte.
Rund 40 österreichische Fotografen erhielten ihre Ausbildung und arbeiteten von 1945 bis 1955 für die United States Information Services (USIS). Ihre Aufgabe war es, die Fortschritte im Wiederaufbau Österreichs zu dokumentieren und mit ihren Bildberichten die wirtschaftlichen und sozialen Hilfsmaßnahmen der Amerikaner in Österreich zu begleiten und zu unterstützen. Ein durchaus politisches Unternehmen, das von Beginn an auf äußerst professionelle Weise realisiert wurde.
Am 4. Mai kamen die Amerikaner nach Salzburg. Mit einiger Verzögerung traf

Einbruch der Realität
Reste einer nationalsozialistischen Durchhalteparole am Bahnübergang Hauptzollamt im dritten Bezirk.
Foto: Otto Croy. Wien. 1945.

Das Verbrechen wird öffentlich
Menschentrauben stehen vor der Auslage der Pictorial Section der US Information Services im Foto-Haus Max Mann und sehen die erste Arbeit der Amerikaner: Bildinformationen für die österreichische Bevölkerung über die nationalsozialistischen Konzentrationslager.
Foto: American ISB Staff Salzburg.
Salzburg, 8. Juni 1945.

nach den Militärs Ende Mai das männliche Personal des seit 14. Mai in Verona einsatzbereiten ISB-Stabes in Salzburg ein. Die erste Arbeit der Amerikaner besteht in Informations- und Aufklärungsarbeit für die Bevölkerung.
Am 8. Juni 1945, auf den Tag genau einen Monat nach der bedingungslosen Kapitulation der Deutschen Wehrmacht, sehen Trauben von Menschen in der Auslage des Salzburger Fotohauses Max Mann am Alten Markt eine Bildtafel der Amerikaner mit den ersten Aufnahmen der nationalsozialistischen Konzentrationslager und Kriegsverbrechen. Die Beschriftung auf den Originalkuverts, in denen die Negative verwahrt wurden, sind noch spärlich, nur mit den wichtigsten Informationen versehen: „Front of Pictorial SEC - Salzburg. June 8, 1945. Staff Photo. F.D." In der Folge wird eine professionelle Bildredaktion mit einem eigenen Archiv aufgebaut, werden die Bilder und Bildserien genauestens dokumentiert und auf Schreibmaschinen der US Army (die keine Umlaute haben) beschrieben. In eindrucksvollen Bildern und Bildserien wird gezeigt, wie sich von Mai bis September 1945 in Salzburg das Leben normalisiert: eine Schlange von Menschen, die sich zur Arbeit registrieren lassen, die Wiederaufnahme des Zugsverkehrs, die Aufräumarbeiten am Dom, die Wiedereröffnung des Hauptpostamtes.
Aber nicht für alle ist der Krieg 1945 zu Ende. Im Jänner 1949 steht das schwer bombenbeschädigte Salzburger Hotel Europe zum Abbruch bereit. Ein Salzburger Bildreporter schießt eine Fotoserie, die Wiener Redaktion verfasst den Text, der an die wechselvolle Geschichte des Hotels erinnert:

GRAND HOTEL DE L'EUROPE
Wien, 17. Jänner 1949

Heute baufällig, vom Krieg erschüttert und missbraucht von der Unbeständigkeit des Schicksals, war das Grand Hotel de l'Europe zu Beginn des Krieges eines von Salzburgs größten und modischsten Hotels.
Während der jährlichen Festspielsaison waren die prächtigen Zimmer belegt mit vornehmen Gästen aus allen Teilen der Welt, die Jahr für Jahr wiederkamen, bis die politischen Ereignisse der Jahre 1938-39 ein abruptes Ende der gesellschaftlichen Ära dieses Hotels bedeuteten, das so lange für seine Gastlichkeit berühmt war.
An ihre Stelle kamen die Jahre des totalen Krieges und das Hotel, das als Eigentum der Deutschen Wehrmacht beansprucht wurde, wurde Büroräumen der Deutschen Armee geopfert. Graue Uniformen ersetzten die elegant gekleideten Gäste und man hörte scharf gebellte militärische Befehle anstatt spritziger Unterhaltung und fröhlichem Gelächter.
In diesem Zustand verschmierter Eleganz und verdüsterten Glanzes wurde das Hotel Ziel von Bombenangriffen. Nach dem Ende des Krieges und nach der

Flucht der „Befreier der Ostmark" kam eine andere Gästehorde, die hungrig und zerlumpt das Hotel füllte und das geräumige Quartier überrannte. Ballast und Treibgut der Menschheit aus den Konzentrationslagern in Lumpen und Fetzen, Opfer des Zorns eines wahnsinnigen Diktators, suchten Zuflucht innerhalb der zerbrochenen Mauern, bis sie in ihre Heimatländer zurückgeführt werden.
Aber das Hotel Europe wurde weiterbetrieben, konfrontiert mit neuen Bedürfnissen und Problemen, und nun, wiederum am Höhepunkt der Saison – einer ganz anderen Saison – mit den Ärmsten der Armen. D.P's verschiedenster Muttersprachen, jammernde Kinder, schmutzig und dünn bekleidet, finden hier ein vorübergehendes Zuhause unter dem Schutt und den zerbrochenen Mauern und warten auf ein besseres Leben in einem anderen Land.
(englischer Text im Original)

**„Österreich ist frei vom Anschluss ...
frei vom Anschluss mit solchen Folgen!"**
US-Bildwand mit Aufnahmen der NS-Konzentrationslager und Kriegsverbrechen.
Foto: American ISB Staff Salzburg.
Salzburg. 8. Juni1945.

Was 1949 bereits ein Relikt sein mag, ist über die Jahre 1945/46 alltägliche Realtität: Österreich, das Flüchtlingslager Europas.
Die amerikanischen Bildreporter dokumentieren alle Arten von Flüchtlingen und Displaced Persons, „versetzte" Personen, Menschen, die heimatlos geworden sind. Eine Gruppe von 1000 jüdischen Flüchtlingen wird im September 1945 vom American Joint Distribution Committee mit Rationen versorgt, ehe sie in neue Quartiere in der Nähe von München gebracht werden. Im August 1945 zieht, begleitet von sowjetischen Soldaten, ein endlos scheinender Zug von 6000 Ungarn von Mauthausen, das zu einem Flüchtlingslager umgewandelt worden ist, Richtung Budapest. 30.000 ungarische Juden waren im März 1945 vom Südostwall auf die Todesmärsche Richtung Mauthausen geschickt worden. Ein ganz kleiner Teil kehrt nun zurück.
Das Rothschild-Spital in Wien dient seit Juli 1945 ebenfalls als Durchgangslager. Etwa 70.000 Personen werden hier bis zum September versorgt, die meisten von ihnen kommen aus Osteuropa. Eine Bildgeschichte, datiert mit 6. September 1946, berichtet darüber.
So stehen die ersten großen Bildgeschichten der USIS-Bildreporter noch ganz unter dem Eindruck des Krieges und der Spätfolgen der nationalsozialistischen Schreckensherrschaft. Vor allem in den Bildtexten, die in der ersten Zeit noch vom amerikanischen Stab auf Englisch verfasst werden, wird dies deutlich. Man ist noch vorsichtig freundlich gegenüber den Sowjets, die Verbrechen und die verheerenden Folgen des Nationalsozialismus werden thematisiert.
Mit den Jahren sollte sich die politische Ausrichtung ändern. Ab 1947 nehmen die kritischen Berichte gegenüber den Sowjets zu, fließt die Sprache des Kalten Krieges in die Bildtexte ein. Eines aber bleibt: der personalisierte Stil der amerikanischen Fotoreportage, die anhand des Schicksal von Einzelpersonen historische Ereignisse zu emotional bewegenden Augenblicken werden lässt.

Die Amerikaner in Salzburg
Fotos und Text: American ISB Staff Salzburg.

Registrierung zur Arbeit
Oesterreicher warten in einer langen Schlange vor der Polizeistation in der von den Amerikanern besetzten oesterreichischen Stadt Salzburg, um sich zur Arbeit registrieren zu lassen. Lebensmittelrationen erhaelt nur der Eigentuemer einer Registrierungskarte.
16. Juni 1945.

Schalterhalle Bahnhof Salzburg
Der Salzburger Hauptbahnhof, von dem taeglich 13 Zuege nach Innsbruck und Linz abgehen, wurde am 25. und 28. April schwer bombengeschaedigt. Am 19. Mai, vierzehn Tage nachdem die Amerikaner Salzburg besetzt hatten, wurde ein beschraenkter Zugsverkehr wieder aufgenommen. Seither stieg die Anzahl der ausgegebenen Fahrkarten von 1297 im Monat Mai auf 140.680 im Monat Juli.
3. August 1945.

Aufräumarbeiten am Dom
Der unter Erzbischof Wolfdietrich von Raitenau vom Architekten Santino Solari im Jahre 1614 erbaute Salzburger Dom erlitt waehrend eines Bombenangriffes im November 1944 schweren Schaden. Der Dom wird nun unter der Leitung von Hofrat Holler aus Wien restauriert.
7. August 1945.

Wiedereröffnung des Hauptpostamtes
Die Raeume des Salzburger Postamtes, in dem sich die Briefmarkenschalter befinden, sind am ersten Tage nach der Wiedereroeffnung ueberfuellt. Die Postaemter im Lande Salzburg werden von Oesterreichern unter der Leitung der amerikanischen Militaerregierung gefuehrt.
24. September 1945.

Flüchtlingslager Hotel Europe
Fotostory über das alte Hotel Europe am Salzburger Bahnhof vor dem Abbruch.
Diese Gaeste erwartet kein wuerdig-freundlicher Hotelportier und keine schick-uniformierten Liftboys werden sie in ihre Zimmer fuehren.
Foto und Text: American ISB Staff Salzburg (Halmi).
13. Jänner 1949.

Der Krieg ist vorbei
Zwei Kinder spielen neben einem zerstörten deutscher Panzer vor dem Eingang zum Prater.
Foto: Otto Croy. Wien. 1945.

Notsteg Floridsdorf
Menschen stroemen ueber den ersten Notsteg, den die Russen bei der Floridsdorfer Bruecke errichtet haben. Deutsche Truppen hatten diese auf ihrem Rueckzug gesprengt.
Foto und Text: American ISB Staff
Wien. 17. August 1945.

Suche nach Brauchbarem
Auf den Schutt- und Müllhalden Wiens suchen Frauen nach Heizmaterial und verwertbaren Dingen.
Foto: Otto Croy. Wien 1945.

‹‹‹ **„Abfallsammelnde Hofratswitwe“**
Ein alte Frau in Witwentracht geht mit einer gefüllten Tasche in der Hand vorbei an Schuttbergen die Weihburggasse entlang.
Foto und Titel: Otto Croy. Wien. 1945.

Schwedenplatz
Passanten vor einem völlig zerstörten Gebäude.
Foto: Otto Croy. Wien. 1945.

Schwedenbrücke
Frauen schleppen Habseligkeiten in Säcken und Taschen über die schwer beschädigte Brücke.
Foto: Otto Croy. Wien. 1945.

Albertina und Philipp-Hof
Passanten bei der Albertina, im Hintergrund der schwer beschädigte und später gesprengte Philipp-Hof.
Fotos: Otto Croy. Wien. 1945.

Blick auf den Eingang zum Augustinerkeller. ›››

PREISTARIF
Schrammelmusik
AUGUSTINER KELLER
HEUTE GEÖFFNET

Malter anrichten
Alte Frau beim Maurern.
Foto: Otto Croy.
Wien. 1945.

Das Haus in der Reisnerstraße ›››
Zum Trocknen aufgehängte Wäsche in einem schwer beschädigten Haus.
Foto: Otto Croy. Wien. 1945.

Der Stephansdom
Wiederaufbau des Doms. Über dem Kirchenschiff sind anstelle der alten Holzkonstruktion bereits Eisenträger eingezogen worden.
Fotos: Otto Croy. Wien. 1946.

Schüler helfen beim Wiederaufbau.

Das Riesenrad ›››
Die Baukommission prüft Modelle zum Wiederaufbau des Praters vor dem schwer beschädigten Riesenrad.
Foto: Otto Croy. Wien. 1946.

France
301868

Jüdische Flüchtlinge
Verlegung von 1000 jüdischen Flüchtlingen aus dem Salzburger Displaced-Persons-Lager in neue Quartiere in der Nähe von München. Von dort aus sollen sie ihre Ansiedlung in Länder ihrer Wahl abwarten.

Die Flüchtlinge verladen in Salzburg ihre Habseligkeiten und Rationen. Sie werden vom Joint Distribution Committee, einer amerikanischen Hilfsorganisation für das Ausland, unterstützt.
Fotos: American ISB Staff Salzburg.
Salzburg. 6. September 1945.

Der Zug vor der Abfahrt.

Ankunft in Wien
Das unter amerikanischer Militärkontrolle stehende Rothschild-Spital wird als Durchgangslager für osteuropäische Flüchtlinge genützt. Seit Juli 1945 wurden ca. 70.000 Personen ärztlich versorgt, erhielten neue Kleidung, Identitätsausweise und Essen.
Ankommende Flüchtlinge aus Osteuropa warten auf die ärztliche Untersuchung.
Fotos: USIS Staff.
Wien. 6. September 1946.

Ein Kind wird mit DDT-Spray desinifiziert.

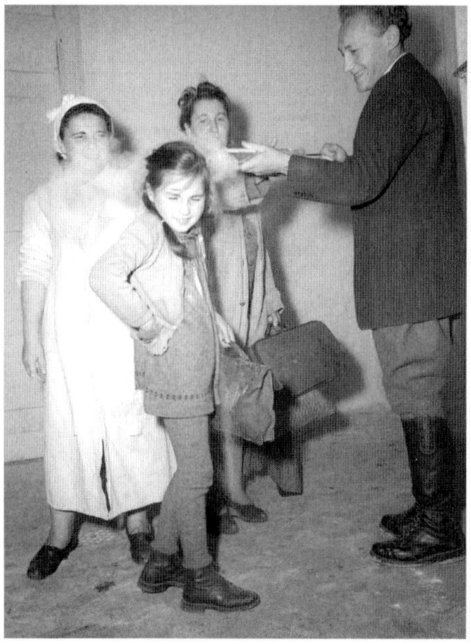

Lufttransport nach Israel ›››
Der erster Lufttransport jüdischer Displaced Persons von Österreich nach Israel. An Bord befinden sich 18 Displaced Persons und Zeitungskorrespondenten.
Foto: USIS Staff. Wien. 25. November 1948.

CARIBBEAN
MP

Rückkehr aus Mauthausen
Sowjetische Soldaten führen einen Zug ungarischer Displaced Persons aus Mauthausen zurück in ihre Heimat.
Fotos und Text: American ISB Staff Salzburg.
13. August 1945.

Ungefaehr 6000 Ungarn, darunter 3000 Juden (3500 im engl. Bildtext), werden von den Russen aus dem DP-Durchgangslager Mauthausen gefuehrt. Die verschleppten Personen, Zwangsarbeiter und Gefangenen verliessen Mauthausen, das aus einem ehemaligen Nazi-Konzentrationslager zu einer Sammelzentrale fuer Opfer der deutschen Eroberungszuege umgewandelt worden war. Grosse und kleine Wagen ziehend, Handwagen fuehrend, die meisten mit Buendeln mit Kleidern und Esswaren auf dem Ruecken, ziehen sie zu Fuss ihrer Heimat zu. Die meisten wohnten frueher in der Umgebung Budapests. Russische Soldaten fuehren den Zug.

Ein endloser Zug zieht sich durch das Land.

9
Heimkehrerbetreuung
P.W.

Heimkehrersituationen
Fotos: Otto Croy. Wien. 1945/46.

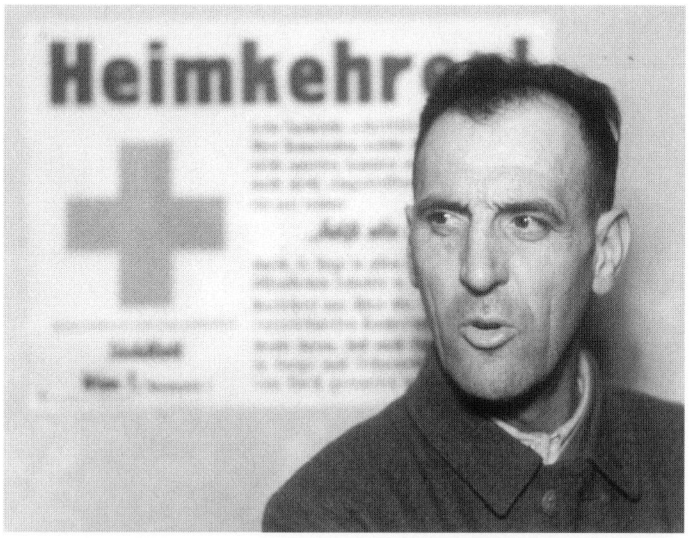

Heimkehrerbetreuung.

Die Ration Suppe.

Im Auffanglager.

Registrierung.

‹‹‹
Ein Kriegsheimkehrer blickt auf ein zerbombtes Haus.
Ein Prisoner of War (PW oder auch POW) meldet sich bei der Heimkehrerbetreuung.
Registrierung eines invaliden jungen Mannes.
Der junge Heimkehrer sitzt vor einem Hauseingang.

DEN ZÜGEN

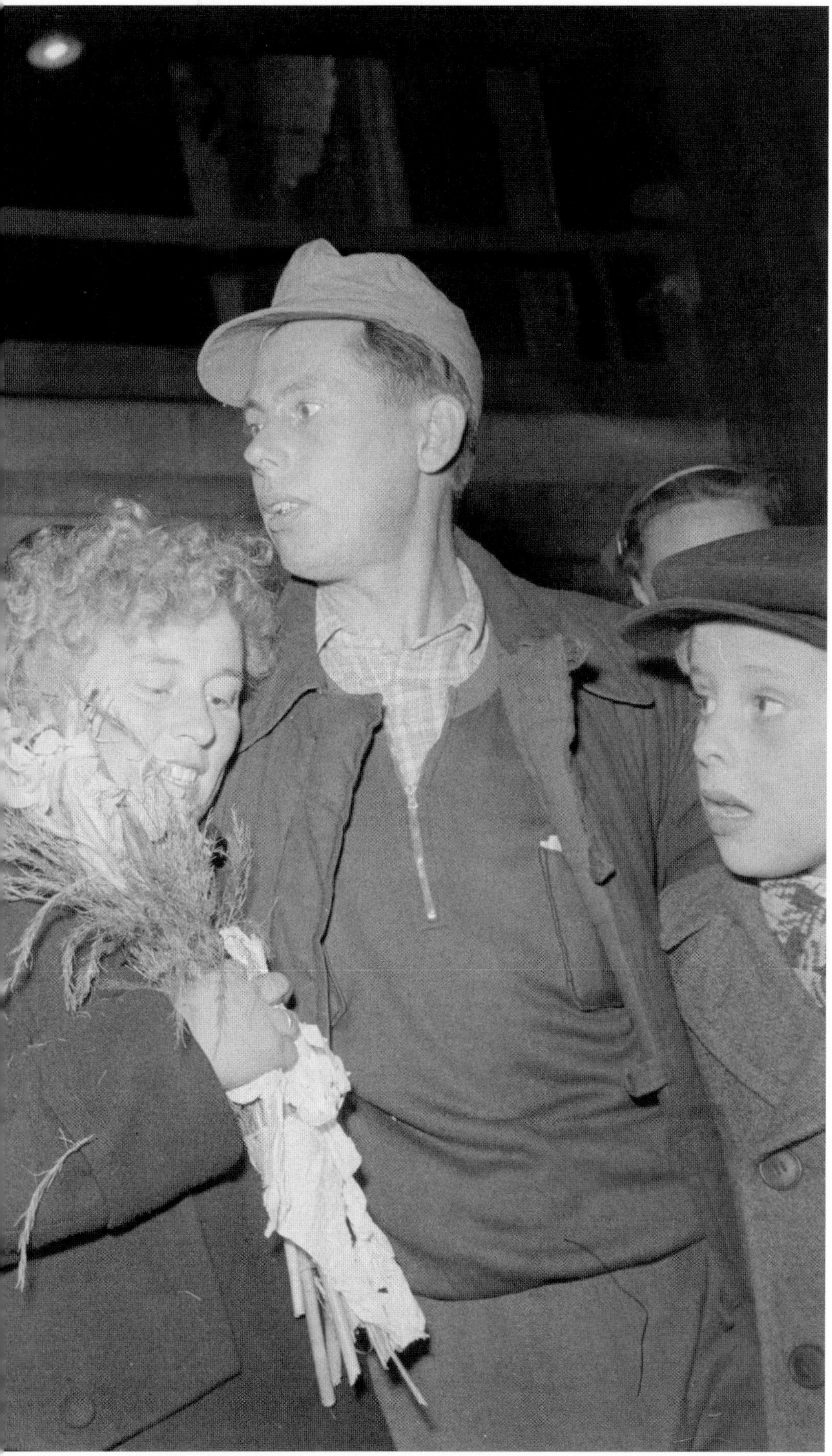

Nicht alle kommen nach Hause
Kriegsheimkehrer treffen am Wiener Südbahnhof ein.
Ungewissheit in den Gesichtern mischt sich in die Szenen der Freude.
Fotos: Harry Weber. Wien. 1953.

Rückkehr aus Russland
Nach Beendigung der Moskauer Verhandlungen trifft der erste Zugtransport mit österreichischen Heimkehrern aus der Sowjetunion ein. Die USIS-Bildreporter berichten.
Fotos und Text: USIS Staff. Vöslau. 29. April 1955.

ERSTER TRANSPORT MIT OESTERREICHISCHEN HEIMKEHRERN AUS RUSSLAND NACH BEENDIGUNG DER MOSKAUER BESPRECHUNGEN
Der erste Transport mit oesterreichischen Heimkehrern aus Sowjetrussland traf am 29. April 1955 auf dem Frachtenbahnhof Voeslau ein, nachdem den Delegierten der oesterreichischen Regierung bei ihren Besprechungen in Moskau die Versicherung gegeben worden war, sobald als moeglich saemtliche noch in Russland befindliche oesterreichische Staatsangehoerige in Freiheit zu setzen. Die Heimkehrer berichten, dass nach den Bewegungen in den russischen Lagern zu schliessen, in Kuerze alle Oesterreicher in die Heimat entlassen werden duerften.

Unter den Heimkehrern befand sich auch der jetzt 25-jaehrige Johann Schlossnickel, der – 1947 von seiner Schule entfuehrt – zu 15 Jahren wegen angeblicher Spionage verurteilt worden war.

Obwohl es frueh am Morgen ist, sind hunderte Menschen zum Bahnhof gekommen, um die Gefangenen willkommen zu heissen.

Die Joseph Goldyn Story

Im November 1951 kommt der amerikanische Fliegerpilot Joseph Goldyn, der während des Krieges bei einem Fliegerangriff durch Flakfeuer erblindet war, nach Moosbierbaum, um eines der Opfer der damaligen Luftangriffe zu treffen – und eine Friedensbotschaft zu überbringen.

Fotos und Text: USIS Staff. Wien und Moosbierbaum. 23. November 1951.

Joseph Goldyn, 26, aus Chicago, Illinois, ein ehemaliger US Flieger (gunner and corporal), der waehrend des letzten Krieges in einer Kampfhandlung erblindet war, kam am 23. November nach Wien, um zum erstenmal eines der oesterreichischen Opfer desselben Luftangriffs zu treffen, in dem er beide Augen verloren hatte. Goldyn war auf dem Weg nach Belgrad, um am Treffen der Internationalen Veteranenorganisation teilzunehmen, das am 27. November begann.
Waehrend er in Wien war, traf er und uebergab der 17 Jahre alten oesterreichischen Bauerntochter Helga Hayden, die ein Auge bei einer Explosion durch einen Bombensplitter verloren hatte, einen Wintermantel und einen Schal. Goldyn hatte seine Augen durch Flakfeuer waehrend des 15. Luftangriffs auf Moosbierbaum am 23. Maerz 1945 verloren. Bei der Begruessung Helgas sagte er: „Dieses Mal komme ich und bringe keine Bomben, sondern Geschenke für Menschen, die sich für den Frieden interessieren ...“ Dann sagte er: „Helga und andere Oesterreicher sind meiner Bitte nachgekommen, um zu helfen den Hass in der Welt zu beenden und bessere internationale Beziehungen aufzubauen.“
Bei der Teilnahme am Treffen der Internationalen Veteranenorganisation in Rom im Mai 1951 hatte Goldyn einen oesterreichischen Journalisten der „Welt am Montag“ vom Angriff auf Moosbierbaum erzaehlt. Er ersuchte die „Welt am Montag“ einen offenen Brief zu veroeffentlichen, in dem er fuer bessere Beziehungen zwischen Oesterreich und den USA eintrat und darum ersuchte, oesterreichische Opfer des damaligen Angriffs zu treffen. Die „Welt am Montag“ publizierte Goldyns Brief und schliesslich traf er Helga Hayden.

Dies ist die Eintragung vom Luftangriff am 23. Maerz, an dem Goldyn seine Augen verlor.

„Es gab viele Tote", sagte Frau Anna Bruckner auf dem Friedhof von Atzenbrugg. Spaeter sind sie exhumiert und an anderen Staetten begraben worden.

Das blieb uebrig vom „Reitherhaus" in Moosbierbaum nach einem der Angriffe im Maerz 1945.

Strassenschild zwischen Tulln und Moosbierbaum. In Tulln befindet sich die US Luftbasis, in Moosbierbaum die nun unter russischer Kontrolle befindliche Oelraffinerie, die waehrend des Zweiten Weltkriegs bombardiert worden war.

Stundenlang verschuettet war die Familie Wegel aus Rust. Frau Wilhelmine Wegel hat bei dem Luftangriff vom 28. 8. 1944 ihren Mann und ihre aelteste Tochter verloren, Margarete Wegel (rechts im Bild) leidet noch immer unter ihren schweren Verletzungen.

Helga Hayden, 17, (links) die bei einem Luftangriff auf Moosbierbaum im Maerz 1945 ein Auge verlor, lebt mit ihrem Grossvater Franz Bayer und seiner Frau. Helga zeigt, wie gross der Bombensplitter war, der sie traf.

Helga Hayden, (links) die waehrend eines Luftangriffs auf Moosbierbaum im Maerz 1945 ein Auge verlor, im Wohnhaus ihrer Grosseltern, bei denen sie lebt. Ihr Grossvater Franz Bayer war bei ihr, als sie Holz holen ging und von einem Bombensplitter getroffen wurde.

Helga Hayden, 17, (links) die bei einem Luftangriff auf Moosbierbaum im Maerz 1945 ein Auge verlor, lebt mit ihrem Grossvater Franz Bayer und seiner Frau. Helga sagt, dass sie noch immer Kopfweh hat, seit sie so schwer verletzt wurde.

Walter Leidolf aus Rust, 23, zeigte, wie die Angriffe durchgefuehrt wurden. Leidolf wurde bei einem der Angriffe schwer verletzt.

Buergermeister Haselmann von Atzenbrugg, in dessen Gemeindegebiet Helga Hayden wohnt. Aus dieser Richtung kamen die Flugzeuge meint Herr Haselmann und stellte bereitwillig einen Fuehrer, Anton Zischkin, zur Verfuegung, um das Opfer von Moosbierbaum finden zu koennen.

Frau Anna Grabner und Franz Handelsberger, Gemeindeangestellte in Zwentendorf, helfen, um Helga Hayden, das Moosbierbaumer Opfer, zu finden.

Franz Lehrner, Uhrmachermeister in Zwentendorf bei Moosbierbaum, war waehrend des Krieges Feuerwehrmann und fuehrte die Aufzeichnungen ueber die Luftangriffe. Laut seinen Aufzeichnungen auf Werk und Ort Moosbierbaum am 23. III. 45 keine Bomben.

Das kalte Grauen packt auch jetzt noch die beiden Maenner (Anton Zischkin und Matthias Figl), wenn sie die nervenaufreibenden Stunden in diesem behelfsmaessigen Luftschutzkeller bei Moosbierbaum denken.

Anton Zischkin (links) und Matthias Figl sind im selben Keller zu sehen, der ihnen als Luftschutzkeller waehrend der Angriffe diente. Beide denken noch immer schaudernd daran, was für ein ungenuegender Keller das war.

„Jenseits der Donau sammelten sich die Bomberpulks und flogen dann auf Moosbierbaum zu", meint Walter Leidolf aus Rust, 23 Jahre, der bei dem Angriff vom 6. 11. 1944 schwer verletzt wurde.

Die Moosbierbaumer Oelraffinerie, das Ziel von Goldyns Bombereinheit, befindet sich nun unter russischer Kontrolle. 80% seiner Produktion befindet sich hinter dem eisernen Vorhang.

Joseph Goldyn aus Chicago Illinois, Ex-Corporal und gunner in der US Air Force.

Goldyn uebergibt Helga Hayden, dem Maedchen, das waehrend desselben Bombenangriffs ein Auge verlor, in dem er beide verlor, einen Wintermantel und einen Schal.

Helga Hayden, Joseph Goldyn (Mitte) und Col. van Lanschot, Vizepraesident der Internationalen Kriegsveteranenorganisation, treffen sich in Moosbierbaum.

und Englands

2. KAPITEL

Neue Orientierung

Die neuesten Nachrichten
Vor einer Trafik warten Menschen auf die Tageszeitung.
Foto: American ISB Staff. Wien. August 1945.

‹‹‹ **Der Zigarettenstummelsammler**
Fünfjähriger Bub beim Sammeln von Zigarettenstummeln.
Foto: American ISB Staff. Wien. September 1947.
Fotoserie: „Hunger und Elend in Österreich." September 1947 – Februar 1948.

Vor einer Trafik in Wien bildet sich im August 1945 eine Menschenschlange. Alt und Jung wartet auf die Auslieferung der Tageszeitung. Es ist kein ungewöhnliches Bild. Schlange stehen und anstellen gehört zu den typischen Alltagssituationen in den österreichischen Städten im Jahr 1945. In einem Bericht vom 4. Juni 1945 über die ersten Aktivitäten der US-Informationsdienste in Österreich, der heute in den National Archives in Washington verwahrt wird, ist vom Nachrichtenhunger der Österreicher in den ersten Monaten nach dem Kriegsende die Rede. In Zell am See verlassen 200 Leute, die sich vor der Ausgabestelle für Lebensmittelkarten angestellt haben, die Reihe, um Zeitungen zu kaufen. „Those people want news more, than they want food" („Diese Leute

Die Familie im Notquartier
Elendsquartier einer sechsköpfigen Familie.
Die Familie im Inneren der Hütte.
Fotoserie und Text: American ISB Staff.
Wien. November 1947.

HUNGER UND ELEND IN OESTERREICH
Im vergangenen Winter lebte diese Familie in grossem Elend und war obdachlos. Zum Schutz gegen die Haerten des kommenden Winters bauten sie im Sommer diese aermliche Huette.

Drei Kinder und die Frau bei der Arbeit an der Rückseite der Hütte.

wollen Informationen mehr, als sie Nahrung wollen"), schreibt der Presseoffizier James M. Minifie in seinem Bericht.

Am 30. Mai 1945 erscheint in Salzburg die erste US-Nachkriegszeitung für Österreich, der „Österreichische Kurier". Nach drei Ausgaben wird dieses als Wochenzeitung konzipierte Nachrichtenmedium wieder eingestellt, das Papier wird für die seit 7. Juni erscheinenden „Salzburger Nachrichten" benötigt. Kurz darauf erscheinen ebenfalls unter amerikanischer Kontrolle die „Oberösterreichischen Nachrichten" und die „Tiroler Tageszeitung", die ab 7. Juli entsprechend den Zonengrenzen in französische Kompetenz überging.

An den politischen Richtlinien und konkreten Vorgaben für den Aufbau und die Kontrolle der Informationsdienste in Österreich wurde seit Jänner 1944 gearbeitet.

Der Oberbefehlshaber der Alliierten Expeditionsstreitkräfte, General Dwight D. Eisenhower, war im Jänner 1944 mit der Planung der künftigen Militärorganisation in Österreich betraut worden. Vom Supreme Headquarters, Allied Expeditionary Forces (SHAEF) sollten in London in enger Kooperation mit den von Italien aus operierenden Allied Forces Headquarters (AFHQ) die politischen Richtlinien ausgearbeitet werden, da man zu diesem Zeitpunkt noch annahm, die italienischen Streitkräfte der Amerikaner würden als erste nach Österreich gelangen.

Am 29. April 1945 lag ein umfangreiches Dokument vor, das als Grundlage für die Durchführung gelten konnte. Die provisorische Direktive für die Kontrolle der Informationsdienste in Österreich sah einen Dreiphasenplan für die Informationspolitik der Amerikaner vor. Zunächst sollten alle Medien in Österreich gesperrt werden. Danach sollte unter amerikanischer Führung eine gewisse Liberalisierung stattfinden, gleichzeitig sollten nationalsozialistisch, faschistisch oder großdeutsch gesinnte Österreicher aus Positionen im Informationswesen entfernt werden. In einer dritten Phase schließlich sollten die Medien wieder in österreichische Hände übergeben, jedoch weiter von den Alliierten kontrolliert werden.

Die Aufgabe der Medien bestand anfänglich in erster Linie darin, die Militärs zu unterstützen: Verbreitung von Befehlen und Ankündigungen, Aufrechterhaltung von Recht und Gesetz, Bekämpfung von Gerüchten, die die militärische Sicherheit in Frage stellen. Politisch sollte angestrebt werden, den Nationalsozialismus und nationalsozialistisches Gedankengut vollständig auszumerzen und das Entstehen von politischen Gefühlen zu fördern, die der Errichtung eines freien und unabhängigen Österreichs dienlich wären.

Die Einrichtung und die Arbeit der Bildsektion der US-Informationsdienste in Österreich ist ein Paradebeispiel für eine konkrete Umsetzung der militärischen und politischen Vorgaben, die mehr und mehr in zivile Hände übertragen wurde.

Die organisatorischen Anfänge der US Information Services Branch (ISB) führen nach Italien. Seit 14. Mai 1945 stand in Verona eine Einheit mit 95 Militärangehörigen und 20 Zivilisten bereit, um die US-Informationsdienste in Österreich aufzubauen. Ihr oberster Chef in Italien war Brigade-General Arthur J. McChrystal, der Kommandant der Information and Censorship Group (INC). Als politischen Berater hatte sich McChrystal den uns bereits bekannten und eingangs erwähnten James M. Minifie ausgesucht, der Auslandskorrespondent für die „Herald Tribune" in Europa gewesen war, ehe er als Presseoffizier für die INC arbeitete. Als Administrator und zeitweise als Chief of Informational Services Branch – solange sie nämlich der INC unterstand – fungierte Oberstleutnant Robert V. Shinn.
Es sollte jedoch aufgrund ungeklärter Kompetenzverteilungen und Spannungen zwischen den in Italien stationierten Einheiten und den von London aus operierenden Einheiten der Amerikaner noch bis Ende Mai dauern, ehe die ISB-Leute von der Londoner Psychological Warfare Division und vom Kommando des XV. Armeecorps, das seit 4. Mai in Salzburg eingerückt war, die Erlaubnis erhielten, nach Österreich zu kommen.
Als es endlich so weit war, ging es Schlag auf Schlag. Am 27. Mai kam Oberstleutnant Robert V. Shinn nach Salzburg, am 29. Mai folgte das männliche Personal. Am 6. Juli 1945 übernahm General Mark Clark, der zum United States High Commissioner für Österreich ernannt wurde, das Kommando über die amerikanischen Streitkräfte in Österreich. Damit ging der Oberbefehl über die Information Services Branch auf die United States Forces in Austria (USFA) über. Mit der Umorganisation der US-Streitkräfte wird die ISB, die in der ersten Besatzungsphase das gesamte Medienwesen, Theater, Film, Opern, Konzerte, Bibliotheken, Schulen, sogar Zirkusveranstaltungen, Jahrmärkte und Kirtage kontrollierte, der Civil Affairs Division des War Departments in Washington unterstellt. Ab 1947 gewinnt das Department of State zunehmend Einfluss auf die Entscheidungen, ehe im Oktober 1950 das Außenministerium die Leitung übernimmt.
An der Spitze der ISB stehen hohe Offiziere, denen Experten als Deputy Chiefs zugeteilt waren. Der wichtigste von ihnen war der Germanist Albert van Eerden, Professor an der Princton University, der von 1930 bis 1932 in München studiert hatte und der seit 1944 in der Planung der US-Informationspolitik für Deutschland und auch für Österreich eine entscheidende Rolle spielte. Van Eerden formulierte im Frühjahr 1947 die neuen Ziele der amerikanischen Informationspolitik und der ISB in einer Rede an die amerikanischen Medienherausgeber und Verleger:

Heute ist die Aufgabe der Information Services Branch nicht so sehr die Kontrolle als vielmehr die Führung. Es kann festgestellt werden, dass sie die einzige und höchst effiziente Agentur zur Verbreitung von Amerika und der Demokratie, d. h.

Die junge Kohlengräberin
Ein Mädchen als Kohlengräberin auf Müllhalde.
Fotoserie und Text: American ISB Staff.
Wien. 4. Februar 1948.

HUNGER UND ELEND IN OESTERREICH
Mit einer Picke in der Hand sucht dieses Maedchen den frosterstarrten Boden des Muellablagerungsplatzes nach Kohlenstueckchen ab. Sie wird nicht frueher nach Hause gehen, bevor ihre beiden Behaelter nicht voll sind.

Um ein Stückchen Kohle
Eine alte Frau auf der Suche nach Kohlestückchen.

Das Hilfsprogramm von Mrs Keyes
Das Wohlfahrtskomitee amerikanischer Frauen in Österreich übernimmt eine Geschenksendung der Firma Sears Roebuck in Wien.
Foto und Text: American ISB Staff.
Wien. 29. September 1948.

Die Firma SEARS ROEBUCK uebermittelte an Mrs Keyes eine 2 Tonnen schwere Geschenksendung, deren Inhalt vom American Welfare Committee an beduerftige oesterreichische Familien verteilt wird.

des amerikanischen Verständnisses der Demokratie, in Österreich ist. Im besten Sinne des Wortes kann sie als eine Propagandaagentur bezeichnet werden, wenn man unter Propaganda die Propagierung der positiven Vorstellung einer anständigen, toleranten und demokratischen Lebensweise versteht. Ihre weitreichende Aufgabe ist es, Österreich mit dem Leben, den Institutionen, den Menschen und den Traditionen der Vereinigten Staaten und den Idealen der Demokratie vertraut zu machen; Österreicher mit Materialien zu versorgen, die sie verwenden können für die Wiederherstellung seiner politischen, wirtschaftlichen und kulturellen Unabhängigkeit und in seiner Entwicklung zu einem demokratischen Staat und einer demokratischen Gesellschaft; die kulturellen Beziehungen zwischen Österreich und den Vereinigten Staaten wiederherzustellen und zu verbessern.

1947 sind 62 Amerikaner und 675 Österreicher bei der ISB beschäftigt. Von Anfang an war es die Politik der Amerikaner, Österreicher auszubilden und in die einzelnen Redaktionen und Abteilungen zu integrieren.
Von 1948 bis 1954 leitet Yoichi R. Okamoto, ein Fotolehrer und Journalist, der 1942 bis 1944 an der Fotoschule der US Army unterrichtete, die Bildsektion der US-Informationsdienste in Österreich, für die rund 40 österreichische Fotografen und Journalisten arbeiteten und im Handwerk der amerikanischen Fotoreportage ausgebildet wurden. Unter seiner Führung wird die USIS-Bildsektion zu einer professionell agierenden Agentur, die mit ihrer Redaktion und ihrem Archiv das Bildmaterial für alle ISB-Sektionen beschafft und verteilt.
Nur wenige, dafür aber umso bemerkenswertere Fotoserien aus den Anfangsjahren 1945 und 1946 sind erhalten geblieben. Zu den ersten systematischen Arbeiten der Wiener Redaktion, deren Anfänge sich bis zum August 1945 zurückverfolgen lassen, zählen Fotoserien über das Schuttwegräumen in Wien im Frühjahr und im Herbst 1946, die unter dem Titel „Wiederaufbau in Österreich" und „Fortschritte im Wiederaufbau Österreichs" geführt werden. Auf den Fotos sieht man die verschiedensten sozialen Schichten und Gruppen, die aus durchaus unterschiedlichen Gründen an den Aufräumungsarbeiten beteiligt sind: Schüler, die sich in einer Aktion am Beginn der Wiederaufbauarbeiten am Stephansdom beteiligen, Zivilgefangene und Mitglieder einer ehemaligen SS-Formation, die unter Aufsicht der Militärpolizisten arbeiten, Frauen und Männer, die durch die registrierte Arbeit den Anspruch auf Lebensmittelkarten erwerben.
Der Dokumentarcharakter der Fotos, die exakte Datierung und vor allem die durchaus politischen Bildtexte prägen sich dem Betrachter ein und bilden einen Gegenpol zu den stimmungsvollen künstlerischen Dokumentationen Otto Croys. Auch in den Folgejahren geht die Arbeit der USIS-Bildreporter auf eine sehr direkte Weise konform mit der Politik der amerikanischen Besatzungsmacht in Österreich.

Als im Jänner 1947 die Ablöse General Clarks als Hochkommissar in Österreich spruchreif wird und sich Generalleutnant Geoffrey Keyes darauf vorbereitet, seine Aufgabe zu übernehmen, wird die Organisation amerikanischer Hilfslieferungen zu einem politischen Thema, verstärken sich die Spannungen mit den Sowjets. Die USIS-Bildreporter unterstützen die politische Inszenierung der ersten Hilfslieferungen von New York nach Österreich mit ihren Reportagen, die Redaktion in Wien verfasst Agenturtexte, die für ein positives Image der Amerikaner und ihrer Position sorgen. Die professionelle Medienarbeit soll aber nicht nur dazu dienen, in Österreich für eine amerikafreundliche Stimmung zu sorgen, sie wird auch direkt und gezielt eingesetzt, um in den USA für die Hilfslieferungen nach Österreich Propaganda zu machen. Bemerkenswert ist die Fotoserie „Hunger und Elend in Österreich", die 1947/48 hergestellt wird, um das gerade einsetzende Hilfsprogramm von Mrs Keyes, der Ehefrau des Hochkommissars, die sich persönlich karitativ und politisch engagiert, medial zu unterstützen. Man fährt an die Vororte, in die „Slums" von Wien und berichtet in Wort und Bild über das Nachkriegselend in Österreich. Die Bilder zeichnen die Armut so einprägsam, dass man sich augenblicklich an das Jahr 1945 erinnert fühlt, dessen Folgen noch immer spürbar sind. Und tatsächlich: Um die Serie zu komplettieren, wurden auch zwei Archivfotos des Salzburger ISB-Stabes aus dem Jahr 1945, die Menschen beim Holzsammeln zeigen, verwendet und in die Serie integriert.
Die Botschaft ist klar: Drei Jahre nach dem Krieg gibt es noch immer Hunger und Elend in Österreich, streift der kleine Peter Mandl aus der Lorystraße 20 im 11. Wiener Bezirk durch die Straßen, um Zigarettenstummeln zu sammeln. Sein Vater ist ein zurückgekehrter Prisoner of War, ein Heimkehrer, der zur Zeit arbeitslos ist. „For File Record only": Diese Information ist nur für das Archiv, steht unter dem englischen originalen Bildtext auf der Vorderseite des Negativkuverts, ehe auf der Rückseite die zur Publikation freigegebene Übersetzung folgt:

HUNGER UND ELEND IN OESTERREICH
Den 5-jaehrigen Peter Mandl kann man fast taeglich, trotz seines verwahrlosten Zustandes mit vergnuegter Miene in der Nachbarschaft herumstreifen sehen. Er ist staendig auf der Suche nach „Tschiks" oder vielleicht einem Streifen Stanniolpapier, und jeder Gegenstand, der ihm wertvoll zu sein scheint, wandert in die Blechbuechse, die ihn immer auf seinen Streifzuegen begleitet.
American ISB Staff Photo.

Sortieren der Kleidung
Spendenaktion von Angehörigen der US-Streitkräfte in Österreich.
Mrs Keyes sortiert Kleidung.
Foto: American ISB Staff.
Wien. 29. September 1948.

Unter Aufsicht
Ehemalige Angehörige der SS-Formation „Großdeutschland" beim Wegräumen von Ziegeln unter bewaffneter Aufsicht der US-Militärpolizei.
Foto: USIS Staff. Wien. 12. März 1946.

Heizmaterialsammler in Bombenschutt
Alte Leute beim Holzsammeln in den Schutthalden Wiens.
Foto: ISB Staff. Wien/Salzburg. 17. August 1945.

Eine alte Aufnahme aus dem Jahr 1945 findet neue Verwendung in der Fotoserie „Hunger und Elend in Österreich" vom Februar 1948.

Alte Leute sammeln Holzstueckchen in den Truemmern der kriegszerstoerten Gebaeude. Sie brauchen das Holz zum Kochen und Heizen.
Wien. ISB Staff. 3. Februar 1948.
(Archivnr. 4235/33A)

Suchen im Schutt
Eine junge und eine alte Frau beim Sammeln von Holz. Dahinter beobachtet eine jüngere Frau einen Baggerfahrer bei der Arbeit.
Foto: Otto Croy. Wien. 1945/1946.

Einsatz der Feuerwehr
Die Wiener Feuerwehr beim Abriss der Bombenruine Kärntner Straße 18. Ein Flaschenzug wird angebracht.
Foto: ISB Staff. Wien. 21. März 1946.

Am Rooseveltplatz
Eine Wienerin mit ihren zwei Kindern beim Gemüsepflanzen.
Text und Foto: USIS Staff.
Wien. 21. Mai 1946.

Auf Anweisung der oesterreichischen Regierung legten sich viele Wiener Gaerten an, die sie bebauen, um die knappen Lebensmittelrationen zu ergaenzen. Das Bild zeigt eine Frau mit ihren 2 kleinen Kindern bei der Gartenarbeit auf dem von der Gemeinde Wien zu Ehren des verstorbenen Praesidenten benannten „Roosevelt Platz".

Im Hinterhof
Zwei Frauen beim Kochen auf offener Feuerstelle in einem Wiener Hinterhof.
Foto: Otto Croy. Wien 1945/1946.

Schuttentfernung in Wien
USIS-Bildserie im Sept./Okt. 1946.
Fotos und Text: ISB Staff.

Bei den Aufraeumungsarbeiten im September 1946 wurden von den Amerikanischen Besatzungstruppen in Oesterreich und von Privatunternehmungen insgesamt 22.761 Kubikmeter Schutt aus dem 1. Wiener Gemeindebezirk weggeschafft.
Zwei Amerikanische und ein privater Bagger sowie vier Lastkraftwagen der USFA im Tagesdurchschnitt standen dabei in Verwendung.

Das zerstoerte Polizeipraesidium.
Frauen bei der Bergung von Ziegeln, die beim Aufbau beschaedigter Gebaeude wieder Verwendung finden.
September 1946.

Oesterreichische Zivilgefangene sieben Schutt, der als Sand beim Wiederaufbau kriegsbeschaedigter Gebaeude dienen soll, in der Hohenstaufengasse und Renngasse.
Oktober 1946.

Amerikanischer Raupenschlepper fuehrt vom Lobkowitzplatz Schutt ab.
Oktober 1946.

Die Tegetthoffstrasse in Wien Innere Stadt wird vom Schutt befreit.
Oktober 1946.

Die Luftschutzgraeben vor dem Messepalast werden entfernt.
Oktober 1946.

Beim Wiederaufbau des Messepalastes, in dem die zweite Messe seit Kriegsende abgehalten werden soll.
September 1946.

Schutt wird vom Franz-Josefs-Kai abtransportiert.
Oktober 1946.

Akademiestrasse – Schutt wird von einem amerikanischen Militaerkran auf ein VAC Lastauto geladen.
September 1946.

Ein begehrtes Gut
Städter mit Brennholz beladen auf dem Weg nach Wien.
Foto: ISB Staff. Wien/Salzburg. 17. August 1945.

HUNGER UND ELEND IN OESTERREICH
Jedes Stueck Holz, das in Wien und seiner Umgebung zu finden ist, wird zum Heizen und Kochen verwendet, da der Mangel an Kohle und anderem Heizmaterial so gross ist.
Unser Bild zeigt Staedter, die heimtragen, was sie in den Waeldern der Umgebung an Holz finden koennen.
Wien. ISB Staff. 3. Februar 1948.
(Archivnr. 4235/32A)

Die Holzsammlerin
Eine Frau auf dem Heimweg vom Brennholzsammeln im Wienerwald. Schlechtes Schuhwerk, ein gefüllter Rucksack, ein kleiner Korb mit Brennholz und das Beil.
Foto: Otto Croy. Wien. 1945/1946.

Pferdefuhrwerk und Handkarren
Im zweiten und dritten Bezirk, wo Otto Croy hauptsächlich fotografierte, wurden zahlreiche Wohnungen von den sowjetischen Besatzungstruppen beschlagnahmt. Hab und Gut wird vor den Häusern zum Abtransport abgestellt. Pferdefuhrwerke und Handkarren prägen das Straßenbild.

Hab und Gut auf der Straße
Fotos: Otto Croy. Wien. 1945/46.

Ein voll beladener Pferdewagen auf einer Allee im zweiten Bezirk. Im Hintergrund ein Transportwagen der Wiener Verkehrsbetriebe.

Mit Kisten beladenes Pferdefuhrwerk am verschneiten Schwarzenbergplatz.

‹‹‹ **Zahlungsmittel Brot**
Trockenes Brot war eine Kostbarkeit. Links ein Besatzungssoldat, der als Arbeitslohn ein Viertel Brot „bezahlt".
Agenturfoto und Text. Wien. 1945.

Rochusmarkt
Ausgesondertes Gemüse wird von Jung und Alt aufgesammelt.
Foto: Otto Croy. Wien. 1945/1946.

Schwarzmarkt
Der Resselpark vor der Technischen Hochschule gilt als Zentrum des Schleichhandels.
Foto: Otto Croy. Wien. 1945/1946.

Anzeigen aller Art
Nachrichten, Tauschangebote und Anzeigen aller Art werden auf der Straße ausgetauscht und konsultiert. Aus Papiermangel drucken die Zeitungen noch keine Kleinanzeigen.
Foto: Otto Croy. Wien. 1945/1946.

88

Der Großteil der in
diesem Geschäft ver-
kauften Lebensmittel
stammt aus
UNRRA-Lieferungen

Anstellen um Brot
Nach dem Ende der Kampfhandlungen wird die Ankerbrotfabrik von den Wienern geplündert. Das Versorgungssystem ist zusammengebrochen. Einige wenige Bäcker verfügen noch über geringe Mehlvorräte und geben einen Laib Brot pro Familie ab.
Foto: Otto Croy. Wien. 1945.

‹‹‹ **Einkaufen am Markt**
Fotos: Otto Croy. Wien. 1946.

Eine Frau greift in ihre Einkaufstasche, um zu bezahlen.
Frisches Geflügel aus der Steiermark. Wird sich ein Käufer finden, der Geld hat?
Eine junge Frau hat beim Bezahlen den Fotografen erblickt.
UNRRA-Stand am Rochusmarkt.

Markenfreie Suppe ›››
Das Wirtshausschild am Modenapark empfiehlt Suppe ohne Lebensmittelmarken. Salz wird als Besonderheit extra angeschrieben.
Foto: Otto Croy. Wien. 1945/1946.

Erbsen, Brot, Mehl ...
Wochenration für einen Erwachsenen.
Foto: Otto Croy. Wien. 1945.

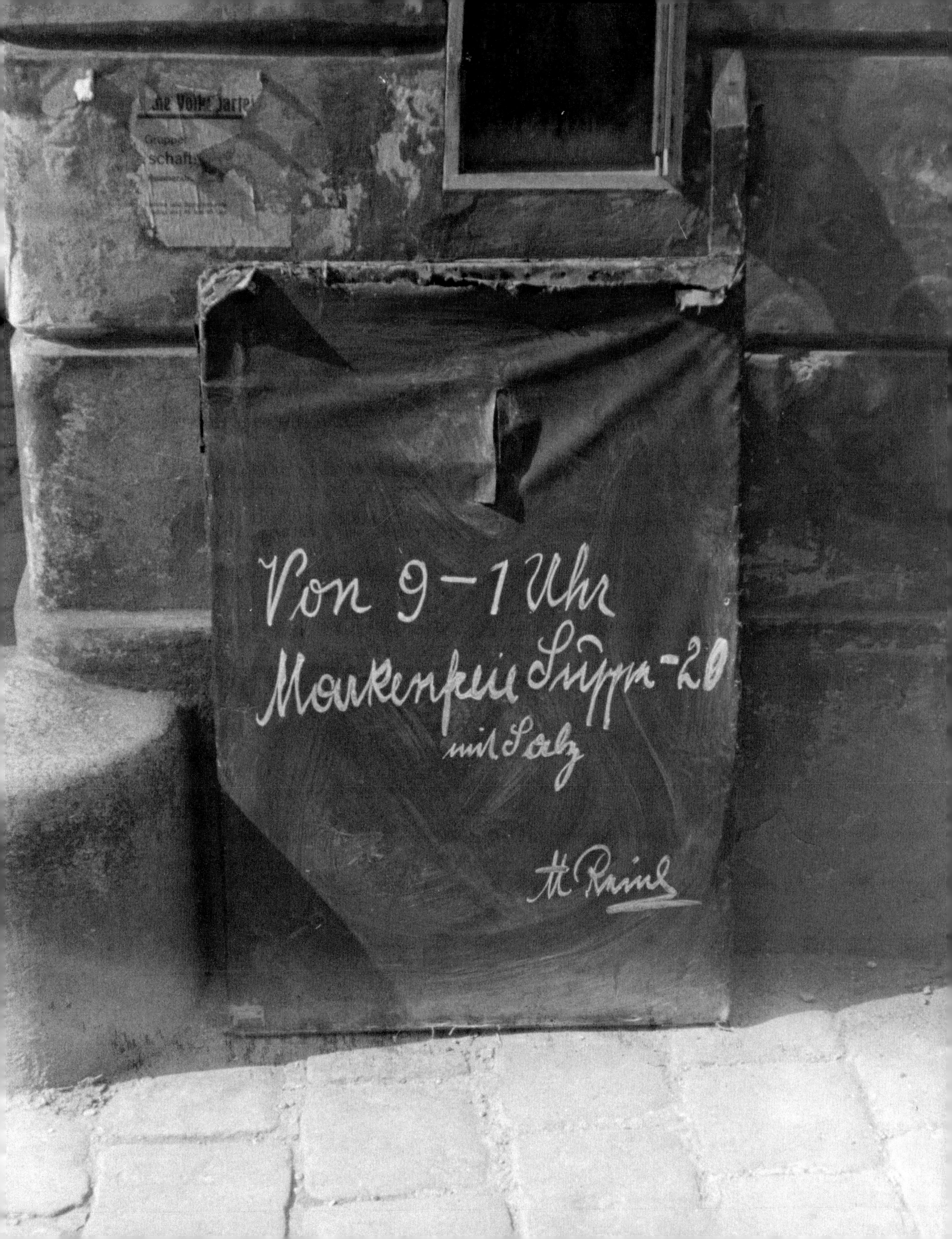
Von 9-1 Uhr
Markenfreie Suppe -20
mit Salz

‹‹‹ **Schweizerhilfe**
Eine Schweizer Schwester schenkt Kakao an österreichische Kinder aus.
Fotos: Otto Croy. Wien. 1946.

Kinderübernahmestelle Wien
Mädchen und Buben trinken Kakao und essen ein Marmeladebrot.

Essensausgabe für Wiener Kinder
Ausspeisung von Wiener Kindern im Rahmen der schwedischen Aktion fuer Oesterreich. Wiener Kinder von 3 bis 6 Jahren erhalten taeglich 2 Monate lang ein Mittagessen, unentgeltlich und markenfrei.
Fotos und Text: American ISB Staff. Wien. 5. Februar 1946.

Es scheint zu schmecken.

Das Essen wird verteilt.

Entladung am Franz-Josefs-Bahnhof
Die ersten CARE Pakete trafen am 19. Juli am Franz-Josefs-Bahnhof ein. Major C.P. Murray jr, Beauftragter der CARE fuer Oesterreich, erklaerte, dass die Verteilung der Lebensmittelpakete sofort beginnen werde.
Fotos und Text: American ISB Staff. Wien. 19. Juli 1946.

Die ersten CARE-Pakete
Übergabe der ersten 10 CARE-Pakete durch Mark W. Clark als persönliches Geschenk von US-Präsident Truman im Bundeskanzleramt in Wien. Renner bei Dankansprache, neben ihm von links nach rechts: Mark W. Clark, Leopold Figl, Karl Maisel und Adolf Schärf vor den Pressefotografen.
Foto: American ISB Staff. Wien. 25. Juli 1946.

Am 25. Juli wurden 10 CARE-Lebensmittelpakete, die als persoenliches Geschenk Praesident Trumans an Bundespraesident Dr. Karl Renner uebersandt wurden, durch General Mark W. Clark im Bundeskanzleramt uebergeben. Damit beginnt das Unterstuetzungsprogramm der CARE fuer Oesterreich. Die ersten 10 Pakete werden an 10 beduerftige oesterreichische Familien verteilt.
Text: American ISB Staff.

DIE ERSTEN C.A.R.E. PAKETE TREFFEN IM JULI IN OESTERREICH EIN

Major C. P. Murray jr, der geschaeftsfuehrende Beauftragte der C.A.R.E. (gemeinnuetzige Gesellschaft fuer amerikanische Sendungen nach Europa) in Oesterreich, gab bekannt, dass der erste Transport mit 25.000 Nahrungsmittelpaketen, die in Oesterreich zur Verteilung gelangen sollen, am 20. Juni New York verlassen hat. Es ist zu erwarten, dass die Pakete in der zweiten Haelfte Juli in Oesterreich verteilt werden. Major Murray erklaerte, dass die Pakete im CARE-Buero, 50 Broad Street, New York 4, New York, bestellt werden muessen und fuer jeden Auftrag 15 $ zu erlegen seien. Bestellungen duerfen nur in New York gemacht werden.

Ein Paket enthaelt: Fleisch – 4,4 kg, Getreideprodukte und Biskuits – 2,9 kg, Fruechte, Marmelade und Pudding – 1,7 kg, Gemuese – 1,1 kg, Zucker und Suessigkeiten – 1,7 kg, Kondensmilch – 0,4 kg, Zigaretten.

Text: ISB Staff. Wien. 9. Juli 1946.

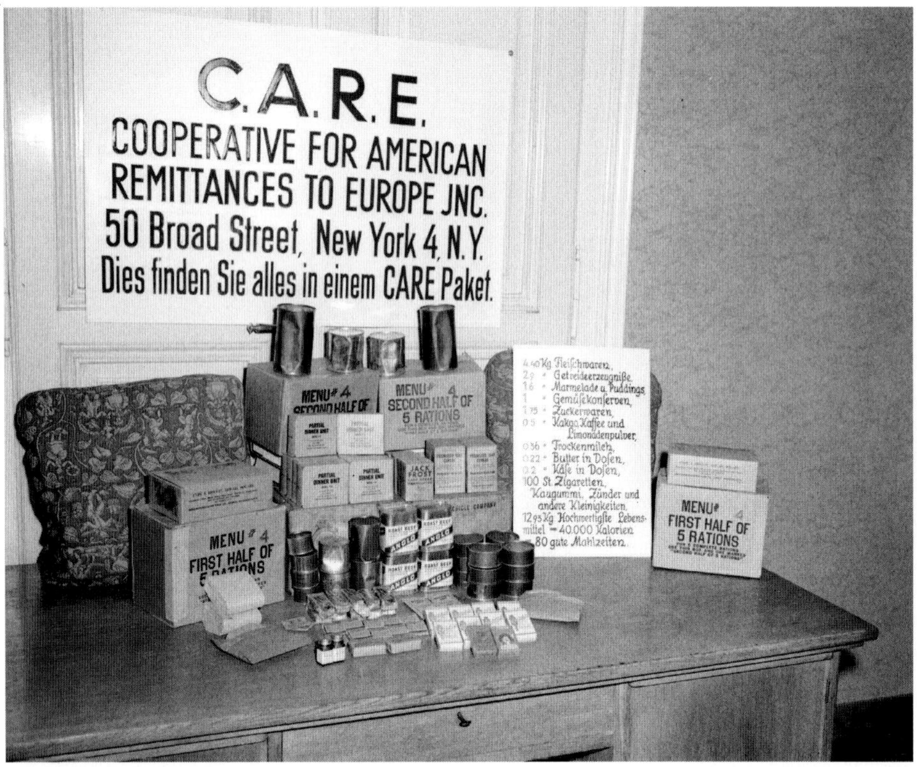

C.A.R.E.
Cooperative for American Remittances to Europe
Inhalt eines CARE-Paketes auf einem Schreibtisch aufgestellt, daneben Tafel mit der Inventarliste, im Hintergrund erklärendes Plakat.
Foto: ISB Staff. Wien. 9. Juli 1946.

Jugendhilfswerk der US-Armee (AYA)
CARE übergibt 25 Pakete an den AYA-Club. Im Club-Buffett öffnen Kinder die Pakete.
Foto: ISB Staff. Wien. 11. Mai 1948.

Alle weitere Neugier der Kinder hat ein Ende gefunden, seit sie auf die Schokolade gestossen sind.
Text: ISB Staff. Wien.

Lieferungen treffen ein
Nach dem Ende der Kriegshandlungen hatten zunächst die Sowjets die Bevölkerung Wiens und Ostösterreichs mit Grundnahrungsmitteln versorgt.
Der österreichische Fotograf Lothar Rübelt dokumentiert im Auftrag des US Information Centers in einer Bildserie eine bereits von den Amerikanern organisierten Hilfslieferung.
Fotos: Lothar Rübelt. Wien. 1947.

P
Ende

3. KAPITEL
Das geteilte Land

Changing of the Guards
Wachablöse und Übergabe des Stadtkommandos vom sowjetischen an das US-Element am Wiener Heldenplatz.
Offiziere bei Übergabe durch Handschlag.
Foto: USIS Staff. 31. Dezember 1953.

‹‹‹ **Die letzte Parade**
Letzte alliierte Militärparade auf dem Schwarzenbergplatz. Kordon aus alliierter Militärpolizei vor den Zuschauern am Straßenrand.
Foto: USIS Staff. Wien. 27. Juli 1955.

Am Morgen des 27. Juli 1955 drängen sich die Menschen vor dem Gebäude des Alliierten Rates am Stalinplatz, der bald wieder Schwarzenbergplatz heißen wird. Tausende wollen an diesem Tag ein denkwürdiges Schauspiel miterleben: zum letzten Mal tagt der Alliierte Rat. Die Häuser rund um den Platz sind mit Fahnen geschmückt, in den Fenstern sieht man Zuschauer und auf den Gehsteigen versuchen die Besatzungssoldaten die Neugierigen im Zaum zu halten. Die „Wiener Zeitung" berichtet:

Gegen zehn Uhr war die Masse schon so gewaltig, daß hunderte Wachbeamte für die Aufrechterhaltung der Ordnung Sorge tragen mußten. Von Zeit zu Zeit

Ein Foto zur Erinnerung
Wachablöse und Übergabe vom sowjetischen an das amerikanische Element vor dem Justizpalast. Sowjetische und amerikanische Soldaten warten auf die Gelegenheit zu einem Schnappschuss.
Foto: USIS Staff. Wien. 30. April 1953.

versuchte die Menge die Kordons zu durchbrechen, was jedoch – wenn auch mit Mühe – immer wieder verhindert werden konnte.

Gegen 11 Uhr erklärt der französische Hochkommissar, Botschafter Seydoux de Clausonne, im Sitzungssaal: „Ich beende die letzte Sitzung des Alliierten-Rates und erkläre, dass die Alliierten-Kommission für Österreich aufgehört hat, zu bestehen." Draußen auf dem Platz verfolgen die Schaulustigen das Eintreffen hoher Militärs aller Großmächte und ihrer Familienangehörigen, den Aufmarsch der französischen, sowjetischen, amerikanischen und britischen Militärmusikkapellen. Bundeskanzler Raab und Vizekanzler Schärf werden von den Hochkommissaren begrüßt und eingeladen, an der feierlichen Flaggeneinholung teilzunehmen. Unter den Klängen der Nationalhymnen werden die Fahnen eingeholt. Danach folgt die letzte Parade und der Abzug der militärischen Formationen. Besonderen Beifall erhält die amerikanische Kapelle: Sie spielt den Radetzkymarsch. Damit ist die Österreichwerdung amtlich, die Besatzung Geschichte, Folklore und Erinnerung.

Die Besatzung als Fest und Schauspiel wird in Wien in den letzten Jahren vor dem Staatsvertrag zum Gaudium der Wiener und als Kuriosum für die internationalen Medien in einer monatlich sich wiederholenden Zeremonie praktiziert: dem „Changing of the Guards", der alliierten Wachablöse, die den monatlich wechselnden Vorsitz des Interalliierten Kommandos einleitet. Am 1. April 1953 interessiert sich der unter Yoichi Okamoto zum Cheffotografen aufgestiegene österreichische USIS-Bildreporter Gottfried („Jeff") Rainer nicht nur für die Zeremonie, sondern mindestens ebenso sehr für die sowjetischen Besatzungssoldaten, die sich ihre Erinnerungsfotos selbst schießen und für zwei junge Damen, die die aufmarschierenden Soldaten (und darunter vielleicht ihre Männer) bei der Übergabe des Stadtkommandos vom französischen an das sowjetische Element fotografieren.

Wachablöse und Übergabe des Stadtkommandos vom französischen an das sowjetische Element vor dem Justizpalast.
Junge Frau beim Fotografieren.
Foto: USIS Staff. Wien. 1. April 1953.

Ein besonderer Tag ist der 31. Dezember 1953. Die Fotos von der Übergabe vom sowjetischen an das amerikanische Element werden von der Redaktion am 4. Jänner 1954 zu einer Bildgeschichte ausgewertet, die durch ihren freundlichen Tonfall zu einer politischen Aussage wird:

CHANGE OVER
Wien – 4. Jaenner 1954.
Eine einzigartige Zeremonie in der heutigen Welt ist die „changing of the guards" Zeremonie, wo die russischen Besatzungskraefte das Kommando ueber die Innere Stadt in Wien an die Amerikaner uebergeben. Das Ereignis markiert auch die Uebergabe des Vorsitzes des Alliierten Rates an den US-Hochkommissar. In militaerischer Aufstellung marschieren die Truppen an den Seite an Seite

stehenden Oberkommandierenden der zwei Nationen vorbei und den Hoehepunkt des Ereignisses bildet ein Handschlag zwischen den beiden Truppenkommandanten.
Waehrend der Uebergabe, die am 31. Dezember 1953 gehalten wurde, sah man die Mitglieder der russischen und der US-Besatzungsmaechte in hoechst amikaler Weiser miteinander plaudern. Die besten Wuensche für ein Glueckliches Neues Jahr machten die Runde. Die Zuschauer stellten fest, dass eine solch freundliche Atmosphaere waehrend keiner der vorangegangenen Uebergaben vorgeherrscht hatte.
USIS STAFF PHOTO VIENNA (Maier) Gri-Ga

Wachablöse und Übergabe des Stadtkommandos vom französischen an das sowjetische Element vor dem Justizpalast.
Sowjetischer Soldat beim Fotografieren.
Foto: USIS Staff. Wien. 1. April 1953.

Tatsächlich markiert die Szene vor dem Wiener Heldenplatz eine Wende und die Abkehr von einer aggressiv geführten Auseinandersetzung mit den Sowjets, die von der Bildredaktion Anfang der 50er-Jahre geführt wird. Zur Vorbereitung auf den im Dezember 1952 stattfindenden Weltfriedenskongress wird im Archiv eine Bildserie angelegt, die von März bis Dezember 1952 die „Friedensaktivitäten" der Sowjets und die sowjetische Informationspolitik beleuchtet. Man fotografiert das Titelblatt eines „Pamphletes": „Ernst Fischer: Die Sowjetunion und der Friede", man fotografiert die Kinder in den Straßen Wiens bei der Verteilung der Schrift und schreibt auf die Fotokuverts und die Archivkarte den Bildtext: „‚Die Sowjetunion und der Friede' ist eines der von Oesterreichs Top-Kommunisten verfassten roten Pamphlete, die kleine Kinder in den Strassen Wiens verteilen." Man spioniert in den sowjetischen Informationszentren, in denen Fotografieren verboten ist, man fotografiert die Schaufenster, die Informationsblätter und Zeitungen und schreibt auf die Fotokuverts und die Archivkarte:

Eine Menge kommunistischer Zeitungen und Zeitschriften setzten ihren Ehrgeiz darin, taeglich mindestens einen verbrecherischen Wallstreetagenten zu entlarven. Voll Zynismus nennt sich eines der vielen Blaetter die „Wahrheit". Alle diese Zeitungen arbeiten eng mit der russischen Besatzungsmacht zusammen.

Wachablöse und Übergabe des Stadtkommandos vom französischen an das sowjetische Element vor dem Justizpalast.
Junge Frau beim Fotografieren vor dem Justizpalast.
Foto: USIS Staff. Wien. 1. April 1953.

Man geht in die Wohnungen, fotografiert zwei alte Leute vor einem Radioapparat und schreibt eine Geschichte über die von den Sowjets kontrollierte RAVAG-Sendung „Die russische Stunde". Man geht auf die Straße und beobachtet und verfolgt die Kommunisten beim Sammeln von Unterschriften, beim Affichieren von Plakaten, man legt eine Archivkarte an mit einer gespenstischen Weihnachtsgeschichte. Mit Büroklammern ist der Kontaktabzug auf die Karte geheftet. Ein Mädchen und eine Frau blicken auf einen beleuchteten Weihnachtsbaum. Namenlos, gesichtslos, von hinten aufgenommen stehen sie im Dunkeln und darunter der Text:

„Die Sowjetunion und der Friede"
Fotoserie und Text: USIS Staff (George Smith).
Wien. März bis Dezember 1952.

„Die Sowjetunion und der Friede" von Oesterreichs Top-Kommunisten Ernst Fischer ist eines der roten Pamphlete, die Kinder in Wiens Strassen verteilen.

9921/24
Die beiden feiern Weihnachten ohne den Vati; er ist nach Russland verschickt worden ... als Eisenbahner, der durch ein Missgeschick den Tod eines russischen Soldaten verschuldet haben soll, hat man ihn vor ein sowjetisches Militaergericht gestellt und zu einer unverhaeltnismaessig hohen Freiheitsstrafe verurteilt. Ob er im naechsten Jahr wieder daheim sein wird?
X-mas without Daddy who has been sent to Russia ... As a railroadman who by an accident allegedly killed a Russian soldier he was brought before a Soviet military court and sentenced to excessively long imprisonment. Will he be back next year?
USIS STAFF PHOTO

Die Karte mit der USIS-Archivnummer 9924/21 beschreibt eine besondere Fotogeschichte: eine Geschichte ohne Original. Denn das Originalnegativ zum Kontaktabzug auf der Karte gibt es nicht, oder nicht mehr. Man hat es entfernt. Wer ist „man"?
„George Smith" ist überall da, wo es gefährlich ist. „George Smith" ist dabei, wenn an der Zonengrenze Schnappschüsse gemacht werden, „George Smith" ist am Semmering, an der Ennsbrücke, in Linz und im Burgenland. „George Smith" ist der mit Bleistift eingetragene Name auf den USIS-Archivkarten und den Kuverts, die mit sowjetischen Angelegenheiten zu tun haben. Häufig steht mit rotem Stift der Vermerk „Killed" auf den Kuverts. Dies bedeutet, dass die betreffenden Fotos nicht für die Veröffentlichung freigegeben wurden, nicht weiter bearbeitet und nicht betextet. Der Bestand ist sehr lückenhaft. Oft fehlen Originale zu ganzen Serien, oft gibt es nur leere Kuverts oder sind die Archivkarten nicht vorhanden. War auch hier „George Smith" dabei? Es steht zu vermuten.
Es steht zu vermuten, dass geheimdienstliches Material aus dem Bestand ausgesondert wurde.
Doch auch die verbliebenen Serien und Bilder, die von den Aktivitäten der Sowjets handeln, bieten konkrete Einblicke in die Medienarbeit der Amerikaner, die entscheidend das öffentliche Bild von den „Russen" in Österreich prägte. Wie ein Schleier legt sich der US-amerikanische Wahrnehmungsfilter über die Bilder aus der Nachkriegszeit und bestimmt und leitet auch die Wahrnehmung anderer Bilder und Fotografien. Harry Webers Bildreportagen, Lothar Rübelts Auftragsarbeiten und Otto Croys Dokumentationen sind individuelle Zeugnisse des Lebens nach 1945: Straßenszenen mit den allgegenwärtigen Zeichen und handelnden Personen der Besatzungsmächte, der Alltag und das Leben der jungen Soldaten, die Freizeitvergnügungen und die ersten Kontakte, ihre Attraktivität und die neue Lust am Leben, gefährliche Augenblicke, Kontrollen, Hilfsmaßnahmen und Unterstützung für die Bevölkerung.
Über all diesen Bildern schwebt seit 1947, seitdem die Amerikaner sich in ihrer

Ein Kommunist malt in der Nacht „Ami go home" auf eine Mauer, um ein amerikanisches Plakat, das die Steigerung der Produktion in Oesterreich bewirbt, laecherlich zu machen.

„Die Sowjetunion und der Friede"
Fotoserie und Text: USIS Staff (George Smith).
Wien. März bis Dezember 1952.

Ein bekanntes Bild in den Strassen Wiens. Mit Maschinengewehren bewaffnete russische Soldaten patrouillieren durch die Strassen.

Medienarbeit ganz bewusst darauf konzentrieren, der Gegensatz zwischen Ost und West.
Daran sollte sich nichts mehr ändern, bis die Vier im Jeep unter reger Beteiligung der Wiener zum letzen Mal ihre Fahrt durch Wien unternehmen:
Am 13. September 1955 schriebt die „Wiener Zeitung":

Morgen Mittwoch: Letzte Fahrt der „Vier im Jeep"
Die Räumung Österreichs von den alliierten Truppen geht mit Riesenschritten vor sich. Nunmehr ist auch der Tag gekommen, an dem zum letzten Male in der Bundeshauptstadt der mit den Fähnchen der vier Großmächte gezierte Polizeiwagen durch die Straßen fährt. Laut „Sozialistischer Korrespondenz" wird morgen um 12 Uhr mittags der motorisierte Bereitschaftspatrouillendienst der alliierten Militärpolizei eingestellt werden. Damit ist das Ende der „Vier im Jeep" gekommen, die seit zehn Jahren zum Gesamtbild des Wiener Verkehrs gehörten.

‹‹‹ **Geheime Schnappschüsse**
Bildserien „Die Sowjetunion und der Friede" und „Baden"
Fotos: USIS Staff (George Smith). März bis Dezember 1952.
Wachposten und Identitätskontrollen auf der Südbahn am Semmering.
Sowjetische Militärpolizisten auf der Suche nach Personen in einem Waggon der Badner Bahn.

An der Demarkationslinie
Fotos: USIS Staff.
Blick über die Ennsbrücke auf das russisches Wächterhaus. 21. März 1952.
Sektorengrenze zwischen Klosterneuburg und dem Kahlenbergerdorf.
US-Minister und High Commissioner to Austria Walter J. Donnelly trifft am 20. Oktober 1950 in Wien ein.
Grenze zu Ungarn bei Schattendorf. Straßenschilder mit deutscher und zyrillischer Aufschrift. Februar 1953.

Alliierte Militärpolizei in Aktion
Amerikanischer Soldat und Sowjetsoldat bei der Ausweiskontrolle.
Foto: Otto Croy. Wien. Herbst 1945.

Lenin und Stalin
Formation sowjetischer Soldaten vor der sowjetischen Kommandantur bei der Bellaria. Foto: Otto Croy. Wien. Herbst 1945.

Ein strenger Blick
Sowjetische Soldatin bei der Haltestelle der Straßenbahnen 62/66 am Kärntnerring.
Foto: Siegenfeld. Wien. Juni 1946.

In Uniform

Zwei Sowjetsoldatinnen am Karlsplatz. Im Hintergrund Stadtbahnstation Karlsplatz und Handelsakademie. Wien. Juni 1946.
Französinnen am Schwarzenbergplatz. Wien. 1947.
Engländerinnen am Schwarzenbergplatz, Ecke Lothringerstraße. Wien. 1947.
Amerikanerinnen am Währinger Gürtel. Wien. 1947.
Fotos: Siegenfeld.

Semmering, Österreich-Rundfahrt 1952
Fotos: USIS Staff. 28. Juni 1952.
Grenzübergang von der sowjetischen in die britische Besatzungszone am Semmering.
Die Österreich-Radrundfahrt passiert den sowjetischen Kontrollposten. Russische Offiziere warten vor dem Wächterhaus. Österreichische Verkehrspolizisten regeln den Übergang.

Das sowjetische Besatzungsquartier im Hotel Post am Semmering. 1952.

Hochwasser 1954
Fotos: USIS Staff.
Juli 1954.

Linz. Feuerwehrleute liefern mit Zillen amerikanische CARE-Pakete aus. 14. Juli 1954.

Sicherung des Donaudamms bei Muckendorf. US-Soldaten und Feuerwehr laden Sandsäcke aus dem Flugzeug ab. 14. Juli 1954.

Linzer Brückenkopf, Untere Donaulände. Foto: Max Himsl. 10. Juli 1954.

Sandsäcke und Notquartiere.
Überschwemmte Häuser in Stein an der Donau. 14. Juli 1954.

Amerikanische und sowjetische Soldaten laden Steine von LKW, um den Donaudamm bei Muckendorf zu sichern. 14. Juli 1954.

Linz. Die Bevölkerung von unter Wasser stehenden Häusern wird mit Booten und Zillen evakuiert. 13. Juli 1954.

Die über die Ufer getretene Donau droht den Damm der Bundesstraße 9 bei Wolfsthal zu durchbrechen. Sandsäcke zum Abdichten werden gefüllt. 15. Juli 1954.

Notquartier für die evakuierte Bevölkerung. 13. Juli 1954.

‹‹‹ **In Gedanken**
Das „Russendenkmal" auf dem Schwarzenbergplatz.
Eröffnung: 19. August 1945.
Zwei sowjetische Soldaten vor dem Denkmal.
Foto: Otto Croy. Wien. 1945/1946.

Unterwegs
Ein britischer Besatzungssoldat mit Kinderwagen und Kind.
Foto: Harry Weber. Wien. 1952.

Royal Warwickshire Regiment
Fotos: USIS Staff. 1. Oktober 1952.

Wachablöse und Übergabe des Stadtkommandos von den Amerikanern an die Briten.

Die Musikkapelle des Warwickshire Regiments defiliert vor dem Justizpalast.

Eine Kompanie des berühmten Royal Warwickshire Regiments mit dem Regimentsmaskottchen vor dem Wiener Justizpalast.

Ausflug
Amerikaner und Sowjets auf dem Wiener Kahlenberg.
Foto: Otto Croy. Wien. 1945.

Russen im Prater
Sowjetsoldaten als Zuschauer im Wiener Prater.
Foto: Harry Weber. Wien. 1955.

Erste Bekanntschaften
Fotos: Otto Croy. Wien. 1945–1947.

Annäherungen. 1947.

‹‹‹ Tanzabend im Rainbow-Club. 1945.

de reichen,
verboten!

Vergnügungen
Fotos: Otto Croy. Wien. 1945.

Fünf im Jeep.

‹‹‹ Zwei auf der Schaukel.

Franzosen und Russen
Französische Schule für Militärangehörige.
Foto: Harry Weber. 1953.

Camp de l'Ailette. Französisches Quartier.
Foto: Harry Weber. 1953.

Besprechung im Quartier der sowjetischen Besatzer.
Foto: Otto Croy. Um 1946.

Sowjetisches Quartier in einem beschlagnahmten Haus.
Foto: Otto Croy. 1946.

Schach und Lesen ›››
Sowjetsoldaten bei Freizeitbeschäftigungen in ihrer Kaserne.
Foto: Otto Croy. 1946.

здравствует великий Советской
Союз – надежный оплот счастья и славы
народов нашей Родины!

Die letzten Tage
Abzug der Franzosen aus Tirol.
Fotos: Harry Weber. 1953.

Zuschauerinnen beobachten das Einziehen der Fahne.

Die französische Fahne wird eingezogen.

British Check Post
Steinhaus am Semmering. Der Posten zwischen der sowjetischen und der britischen Zone wird aufgelöst. Unter Aufsicht britischer Militärpolizisten entfernen Zivilisten das Schild „British Check Post" vom Gendarmerie-Postenkommando. Foto: USIS Staff. Semmering. 30. September 1953.

Waldviertel, 1955
Abzug der russischen Besatzung.
Foto: Harry Weber.

Autoverladung
Frachtenbahnhofsgelände Gersthof. Amerikanische Soldaten beim Verladen von US-Militärpatrouillenautos auf offene Güterwaggons zum Abtransport. Foto: USIS Staff. Wien. August 1955.

Last 4 Power Patrol
Die interalliierte Militärpatrouille („Vier im Jeep")
am Tag der Auflösung ihrer Institution.
Fotos: USIS Staff. Wien. 14. September 1955.

Das Ende einer Institution
Interalliierte Militärpatrouille vor ihrem Hauptquartier in Wien 3, Lothringerstraße 12.
Die amerikanischen, britischen, französischen und sowjetischen Soldaten bekräftigen durch Handschlag die Auflösung ihrer Institution.
Foto: USIS Staff. Wien. 14. September 1955.

4. KAPITEL
Im Wiederaufbau

Flussregulierungsarbeiten im Gebiet von Rechnitz
Arbeiten am Hochdamm des Flussbettes.
Foto: American ISB Staff (Tomann).
Rechnitz. 22. Juni 1950.

‹‹‹ **Arbeit für Akrobaten**
Bau einer Materialseilbahn vom Ortsrand zur Pasterze durch die Tauernkraftwerke A.G. für den Möllüberleitungsstollen nach Mooserboden.
Foto und Text: ECA, Heiligenblut. 5. Juli 1950.

Das Montieren der Seiltraeger ist eine Arbeit fuer Akrobaten.

Am 7. Mai 1947 bewilligte der amerikanische Kongress ein Auslandshilfsprogramm in der Höhe von 350 Millionen Dollar, von denen Österreich rund 85 Millionen bekommen sollte. Am 5. Juni 1947 hielt der amerikanische Außenminister George Marshall seine berühmte Rede an der Harvard-Universität, die das Europäische Wiederaufbauprogramm einleiten sollte. Anfang 1947 hatte sich in der amerikanischen Außenpolitik der Standpunkt gefestigt, dass Österreich ungeteilt als eigener Staat erhalten bleiben sollte. Eine massive Wirtschaftshilfe schien der geeignete Weg dazu. So kam Österreich als erstes Land in den Genuss großzügiger Hilfslieferungen: Lebensmittel, Medikamente, Saatgut, Kunstdünger, Textilien u. v. m. sollten unter Aufsicht amerikani-

Der erste Selbstbedienungsladen
Fotos und Text: USIS Staff. Linz. 30. Mai 1950.

Gesamtansicht des wiederaufgebauten Konsumgebaeudes in Linz, in welchem am 27. Mai der erste Selbstbedienungsladen eroeffnet wurde.

„Warum soll ich nicht auch fahren", denkt Bubi und probiert es.

scher Vertreter durch die österreichische Regierung zur Verteilung kommen. Österreich verpflichtete sich aber auch, den Amerikanern die Inspektionstätigkeit und die Berichterstattung zu ermöglichen, was in der Folge und mit wesentlicher Unterstützung der USIS-Bildsektion auch geschehen sollte.
Die politische Intention war klar und der amerikanische Hochkommissar Keyes hatte von Anfang an keinen Zweifel daran gelassen: Die medial begleiteten Hilfsmaßnahmen sollten Österreichs Westorientierung verstärken und für ein positives Amerikabild in Österreich sorgen. Dies gelang auch binnen kürzester Zeit: Im Sommer 1947 waren 90 Prozent der Bevölkerung bereit, die Anstrengungen der Amerikaner auf dem Ernährungssektor anzuerkennen und 8 von 10 Personen setzten ihre Hoffnungen auf eine weitere Verstärkung der amerikanischen Hilfe und den Marshallplan.
Die Reaktionen der Sowjets blieben nicht aus. Manfried Rauchensteiner hat in seiner Studie „Der Sonderfall. Die Besatzung in Österreich 1945 bis 1955" die Mechanik dieser Entwicklung vom Sommer 1946 bis zum Sommer 1947 beschrieben und auf den Punkt gebracht:

Die Sowjetunion beschlagnahmte mit dem Befehl Nr. 17 das Deutsche Eigentum in ihrer Zone. Die Westalliierten wollten darin eine Verletzung der Moskauer Deklaration sehen. Österreich verstaatlichte Teile seiner Grundstoffindustrien, was bedingt einen Verstoß gegen das 2. Kontrollabkommen darstellte. Dann lief das amerikanische Wirtschaftsprogramm an und die Sowjets sahen darin eine Verletzung der Moskauer Deklaration. Gegen die USIA-Betriebe wurde ins Treffen geführt, dass sie der Kontrolle Österreichs entzogen waren, keine Steuern und Abgaben entrichteten, kurz Sonderrechte genossen. Gegen das amerikanische Hilfsprogramm wurde ins Treffen geführt, dass es auf eine totale Kontrolle der österreichischen Wirtschaft abziele, Sonderrechte schaffe und Österreich in eine direkte wirtschaftliche Abhängigkeit bringe, eine Abhängigkeit, die durch den in Aussicht genommenen Beitritt zum Marshallplan nur noch größer werden würde.
(Rauchensteiner: 1979, S. 209)

Angesichts dieser Ausgangslage, in der jede Aktion, aber auch jeder Text und jedes Bild zum Anlass einer neuen diplomatischen Auseinandersetzung werden konnte, gewannen auch noch die scheinbar harmlosesten Geschichten eine brisante politische Aussagekraft.
Betrachten wir also die Arbeiten der amerikanischen, aber auch der österreichischen Bildreporter durch den Filter der Auseinandersetzung zwischen Ost und West, zwischen dem Ringen um die politische, ökonomische und auch ideologische Vorherrschaft in Österreich zwischen den Amerikanern und den Sowjets.
Die ersten Wiener Messen 1946 und 1947 bieten der Bevölkerung eine Gelegen-

heit, sich noch unerreichbare Dinge und Gegenstände des Alltags und für den Export bestimmte Luxusartikel anzusehen und von einem Wohlstand zu träumen, der wieder möglich scheint. Otto Croy fotografiert 1947 die Messebesucher auf dem Messegelände, die sich ihre Jausenrationen selbst mitgebracht haben. Die USIS-Bildreporter hatten in der Serie „Fortschritte im Wiederaufbau Österreichs" aus dem Jahr 1946 die Arbeiten zum Wiederaufbau des Messepalastes, in dem die zweite Wiener Messe nach dem Krieg abgehalten wurde, dokumentiert. Erst mit der Währungsreform 1947 sollte die ökonomische Grundlage für eine Steigerung der Kaufkraft der österreichischen Bevölkerung gelegt werden. Die USIS-Bildredaktion dokumentiert zwar den ersten Tag des Geldumtauschs nach der Währungsreform am 11. Dezember 1947 mit einem Foto, das Menschenschlangen vor der Länderbankfiliale im 8. Wiener Bezirk zeigt, eine ausführliche Beschreibung ist jedoch nicht vorhanden.

Ereignisse und Aktionen, an denen die amerikanische Besatzungsmacht beteiligt ist oder die von den Amerikanern organisierte und finanzierte Hilfsmaßnahmen betreffen, werden dagegen von Anfang an genauestens dokumentiert und mit redaktionell gestalteten und kontrollierten Texten versehen. Die durchaus politisch intendierten Texte, die an die Redaktionen der österreichischen, aber auch der internationalen Zeitungen weitergegeben wurden, verfehlten ihre Wirkung nicht. In den frühen Bildserien des Jahres 1946 wird der Wiederaufbau der Infrastruktur in Österreich dokumentiert, wobei man sich in der Berichterstattung noch ganz auf den Einflussbereich der amerikanischen Besatzungsmacht beschränkt. Die amerikanische Unterstützung von Firmen, in denen dringend benötigte Bedarfsartikel wie Schuhe, Socken, Strümpfe und Haushaltsgeräte hergestellt werden, wird ebenso genau beschrieben wie die Wiedereinrichtung der Kommunikationsinfrastruktur. Der Bildtext zu einem Foto, das eine Arbeiterin und einen Arbeiter in einer Elektrokeramikfabrik in der amerikanisch besetzten Zone in Wien zeigt, lautet:

Mit Unterstuetzung der amerikanischen Behoerden, die Brennstoff und Transportmoeglichkeiten zur Verfuegung stellen, nehmen die oesterreichischen Fabriken die Produktion von Bedarfsartikeln wieder auf. Diese Fabrik fuer Elektrokeramik, in einem amerikanisch besetzten Bezirk Wiens, stellt Oefen, Heizkoerper und Buegeleisen u.s.w. her, die an Zivilisten verkauft werden. Die Elektrogeraete sind rationiert, doch hofft man die Bezugscheinpflicht bald aufheben zu koennen. Derzeit werden u.a. monatlich 5000 Kochplatten und 2000 Buegeleisen erzeugt und man hofft die Produktion im April zu steigern.

Bereits in den ersten redaktionell gestalteten Fotoserien wurde die Politik der Amerikaner unterstützt, lange bevor mit Marshallplan die Begleitung und Kon-

Waehrend Mutter sich noch nicht im klaren ueber die Art des Fruchtsaftes ist, die sie fuer Bubi mitnehmen will, hat der junge Mann in einem unbeaufsichtigten Augenblick vom Selbstbedienungsrecht Gebrauch gemacht und sich fuer einen leichten Tischwein entschieden.

Das Bedienungspersonal steht den Kunden jederzeit beratend zur Seite. Hier probiert Bubi an einem Angestellten des Ladens die Qualitaet eines Rasierpinsels aus, den er fuer Vati mitbringen soll.

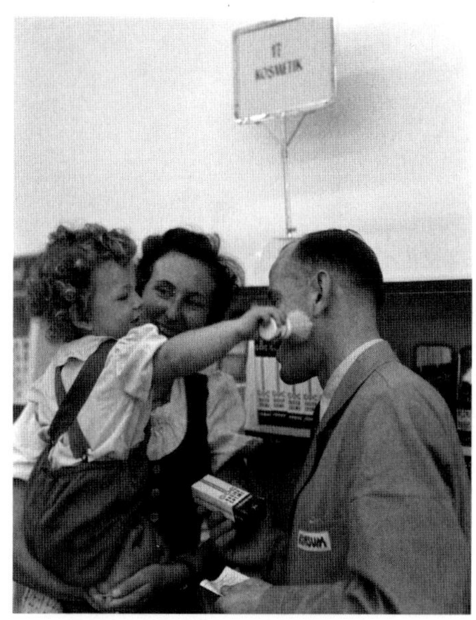

Die amerikanischen Besatzungsbehoerden stellten einer Schuhfabrik in einem amerikanisch besetzten Bezirk Wiens Brennstoff zur Verfuegung und ermoeglichten es, dass die Betriebsleitung einen Kompensationsvertrag mit oberoesterreichischen Firmen abschliessen konnte, die ueber die Demarkationslinie Leder zur Verarbeitung schicken. 25 % dieser Ledermengen koennen fuer den zivilen Gebrauch verarbeitet werden, das bedeutet fuer den Monat Maerz 2000 Paar Schuhe fuer Maenner und Frauen, die im Wege des Detailgeschaeftes gegen Bezugsscheine zu billigen Preisen verkauft werden.
Die fertiggestellten Schuhe werden vor der Lieferung genau kontrolliert.
Foto und Text: American ISB Staff.
Wien. 14. März 1946.

trolle der Medienberichterstattung auch auf politischer Ebene mit der österreichischen Regierung festgelegt wurde. Allerdings wurde mit der Verbreitung der amerikanischen Wirtschaftshilfe und dem systematischen Greifen des European Recovery Program (ERP), wie die offizielle Bezeichnung für den Marshallplan lautete, das Einzugsgebiet der USIS-Bildsektion auf alle drei „westlich" orientierten Besatzungszonen ausgeweitet. Umfangreiche Bilddokumentationen aus Kärnten, Salzburg, Tirol und Vorarlberg gelangten ins Archiv. Flussregulierungen, Hochwasserschutzbauten, Modernisierung der Landwirtschaft, Drainagearbeiten, Straßenbauten und Unterstützungsmaßnahmen für den Fremdenverkehr und individuelle Hilfsmaßnahmen wurden ebenso fotografisch festgehalten und mit redaktionellen Bildtexten versehen wie humorvoll gestaltete Beiträge über amerikanische Bildungsprogramme, lokale Feste und Alltagssituationen in den Bundesländern.

Ganz im Gegensatz zur diesen Bilddokumentationen steht freilich seit 1947 die Berichterstattung über die sowjetische Zone und die Politik der Sowjets in Österreich. Im USIS-Archiv gibt es einen umfangreichen Bestand, der von den Redakteuren liebevoll unter der Rubrik „Russians and Commies" geführt wurde und den Aktivitäten der Österreichisch-Sowjetischen Gesellschaft, den Vorgängen an der Demarkationslinie, Berichten über Verschleppungen und allen Angelegenheiten der sowjetischen Besatzungsmacht gewidmet ist. Insbesondere die Berichte und Dokumentationen über die Informationspolitik und die Wirtschaftspolitik der Sowjets folgen der Logik des Kalten Krieges und nicht alle Fotografien sind für die Öffentlichkeit bestimmt.

Mit besonderer Schärfe wird die Auseinandersetzung um die in der sowjetischen Zone beschlagnahmten Wirtschaftsunternehmen, die Erdölraffinerien, die Donau-Dampfschiffahrts-Gesellschaft und die von den Sowjets als Reaktion auf den Marshallplan gegründeten USIA-Verkaufsläden geführt, in denen man billigst einkaufen konnte und die zumindest am Anfang einen hohen Zuspruch bei der Bevölkerung fanden.

Eine dieser Serien beginnt mit einem Bericht über die von den Sowjets als deutsches Eigentum beschlagnahmte Erdölproduktion in Zistersdorf, Neusiedl und Matzen.

Es folgen Berichte über die DDSG und die Geschichte über einen Arbeiter aus einer der 380 von der USIA betriebenen Fabriken, der zunächst aus Angst sein Gesicht vor der Kamera versteckt, ehe er zu erzählen beginnt: *„Wir muessen andauernd einen Strom kommunistischer Propaganda ueber uns ergehen lassen und wir werden gezwungen, ‚freiwillige Spenden' fuer die ‚Befreiung' Suedkoreas von unseren mageren Loehnen zu leisten."*

Ganz besondere Aufmerksamkeit wird schließlich den USIA-Verkaufsläden gewidmet. Man fotografiert die Menschen beim Betreten der Läden, man foto-

Fortschritte im Wiederaufbau Österreichs
Fotoserie und Text: American ISB Staff.
Wien. März 1946.

Metallwarenfabrik für Elektrokeramik.
Arbeiter montieren Bestandteile an elektrische Geraete. 16. März 1946.

grafiert die Preistafeln und die Regale mit Salz, Zucker und Spirituosen, auf die es ein österreichisches Staatsmonopol gibt, und verweist auf die Verluste, die dem österreichischen Staat dadurch entstehen, dass keine Umsatzsteuer abgeführt wird.

Der Kalte Krieg am Ladentisch wird gnadenlos geführt, bis 1955 der österreichische Fotograf Harry Weber die Auflösung und den Ausverkauf der letzten USIA-Läden als malerische Inszenierung fotografiert.

Fortschritte im Wiederaufbau Österreichs
Fotoserie und Text: American ISB Staff.
Wien. März 1946.

Anprobe eines Kleides. 16. März 1946.

Die amerikanische Brennstoffversorgung ermoeglichte die Weiterfuehrung des Betriebes einer Strickwarenfabrik in einem amerikanisch besetzten Bezirk Wiens. Aus vorhandenen Vorraeten werden monatlich 600 Westen und 220 Strickkleider erzeugt, die in Geschaeften gegen Bezugscheine verkauft werden. Die Firma hat bereits Exportverhandlungen eingeleitet und sogar mit amerikanischen Firmen, die Wolle zur Verarbeitung schicken wollen, wurde Fuehlung aufgenommen.
Handnaeherinnen der Strickwarenfabrik bei der Arbeit.

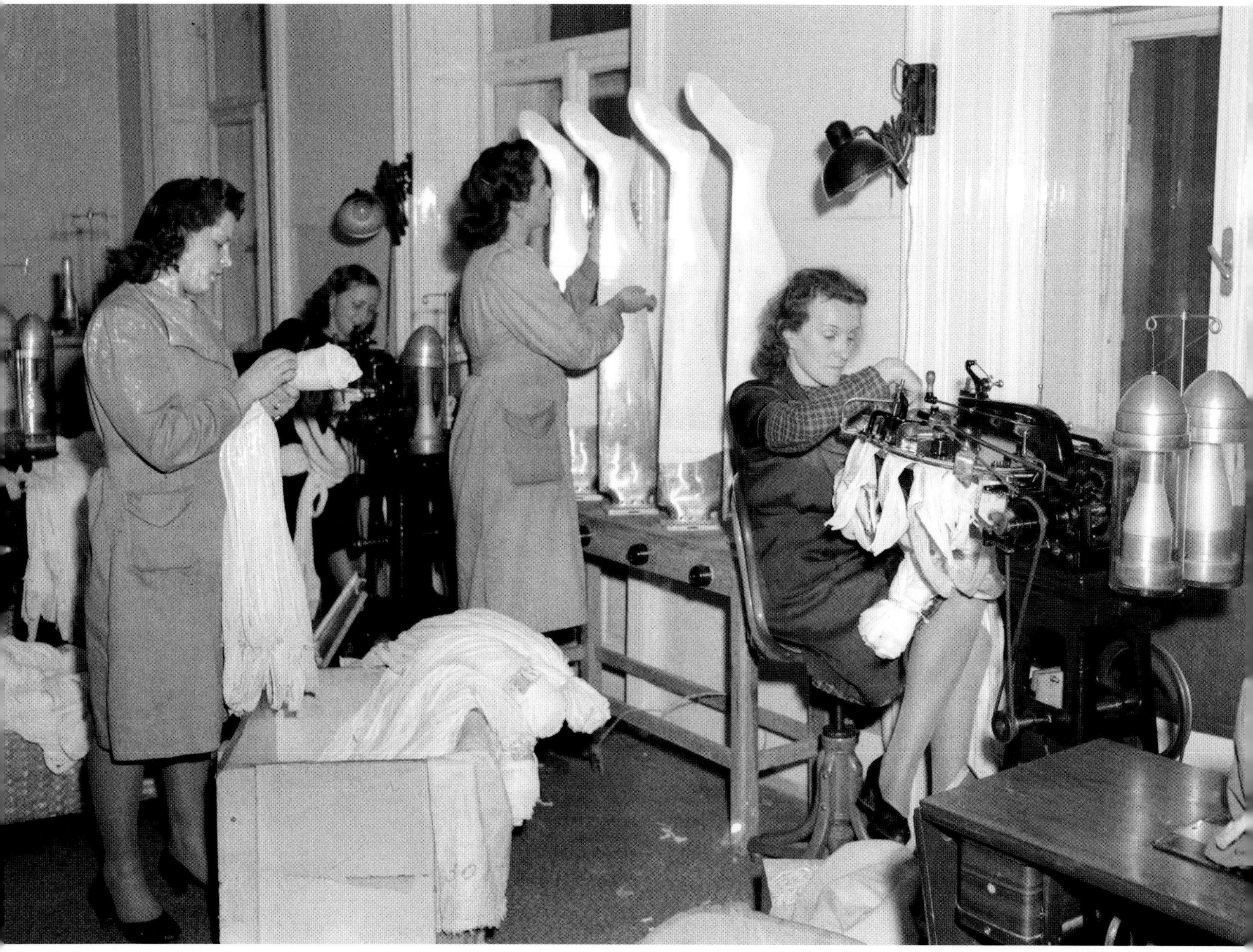

Der Betrieb in einer Strumpffabrik eines amerikanisch besetzten Bezirkes Wiens konnte durch amerikanische Brennstoffversorgung aufrechterhalten werden. 24 Dutzend Kunstseidestruempfe werden taeglich erzeugt, die in Wien gegen Bezugsscheine verkauft werden. Waehrend der Weihnachtsaktion wurden 10.000 Paar Struempfe verkauft und fuer Ostern ist eine aehnliche Aktion geplant. 14. 3. 1946.

Fortschritte im Wiederaufbau Österreichs
Fotoserie und Text: American ISB Staff.
Wien. März 1946.

Radiofabrik in amerikanisch besetztem Bezirk.
Vor der Lieferung werden die fertig gestellten Rundfunkapparate ueberprueft.
14. 3. 1946.

Draehte werden an Radiobestandteile angeloetet.

Wiener Telephon- und Telegraphenamt.
Fernschraenke im Wiener Fernamt, wo der Telephondienst in die Schweiz, Ungarn und die Tschechoslowakei wieder aufgenommen wurde. 15. 3. 1946.

Durchgangsschraenke fuer Transitverbindungen im Wiener Fernamt.

Wiener Telephon- und Telegraphenamt. Wiener haben wieder die Moeglichkeit, Telegramme ins gesamte Ausland mit Ausnahme von Deutschland und Japan zu senden. Das alliierte Kommando erweiterte den Telephondienst, der allmaehlich wieder einen normalen Betrieb aufnimmt. Zivilisten koennen bisher mit der Schweiz, Ungarn und der Tschechoslowakei Ferngespraeche fuehren. Die Wiener Fernsprechzentrale vermittelt taeglich beilaeufig 3000 Ferngespraeche, einschliesslich 400 Gespraechen ins Ausland. 15. 3. 1946.

Wiener Herbstmesse 1947
Fotos: Otto Croy.

Auf dem Messegelände. Die Jause wird in der Blechdose mitgebracht.

Vor dem Eingang zum Messepalast.

Messebesucher unterhalten und stärken sich vor den Ausstellungshallen.

LÄNDERBANK WIEN
Fusspflege-Salon

Geldumtausch
Erster Tag des Geldumtauschs nach der Währungsreform des österreichischen Währungsschutzgesetzes. Menschenschlangen vor der Länderbankfiliale Albertgasse, Ecke Lerchenfelder Straße.
Foto: USIS Staff. Wien. 11. Dezember 1947.

Räumungs-Verkauf
Sommerschlussverkauf in der Mariahilfer Straße. Schaulustige vor Geschäftsauslagen.
Foto: USIS Staff. Wien. 1. August 1954.

Teenager
Junge Mädchen und Frauen vor Auslage des Kaufhauses Herzmansky betrachten Teenagermode.
Foto: USIS Staff. Wien. 1954.

Zum ersten Mal elektrisches Licht
Fotoserie und Text: ECA.
Lichtenegg. 7. Oktober 1951.

In Lichtenegg wurde die Elektrifizierung der Buckligen Welt festlich begangen. Mit Hilfe von ERP-Mitteln wurden 1200 Bauernhoefe an das elektrische Stromnetz angeschlossen.

Eine der 1200 Familien, deren Haeuser an das Stromnetz angeschlossen wurden, freuen sich zum ersten Mal am Schein der elektrischen Lampe.

Die Österreicherin und das ERP
Fotoserie und Text: American ISB Staff.
Wien. 14. Juni 1950.

Die Frauen haben es leichter, seit auch in Oesterreich wieder Lebensmittel und die Artikel fuer den taeglichen Gebrauch dank der grosszuegigen ERP-Hilfe in ausreichendem Masse vorhanden sind. Fast alle Beschraenkungen der Kriegs- und Nachkriegszeit konnten bereits aufgehoben werden und die Fuehrung des Haushalts erfordert bei weitem nicht mehr die Muehe wie in den vergangenen Jahren.

Auch das Kochen ist heute wieder ein Vergnuegen, da man alles Noetige leicht bekommt. ›››

In den Lebensmittelgeschaeften bietet sich beim Einkauf wieder ein friedensmaessiges Bild.

Auch die gute oesterreichische Zigarette fuer eine besinnliche Stunde beim Briefschreiben ist wieder da.

Sie braucht keinen Zusammenbruch des Verbundnetzes mehr zu befuerchten ...

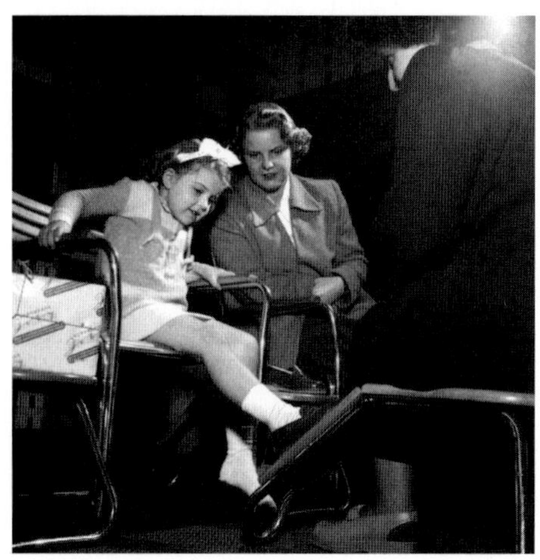

Die Anschaffung von Schuhen fuer die Tochter bereitet kein Kopfzerbrechen mehr.

GEWÜRZE
PAPRIKA

ERP-Hilfe
Fotos: American ISB. April – Dezember 1950.

„Kaunerberghang Projekt".
Errichtung der Bewässerungsanlagen für den Obstbau am Kaunerberghang durch Zuleitung von fünf Bächen in Reservoirs. ERP-Projekt (Marshallplan). Bautafel in Oberfalpetan. August 1950.

Österreichische Elektroindustrie A.G. in Deuchendorf.
Mit amerikanischen Maschinen aus dem ERP-Programm (Marshallplan) ausgerüstete Produktionsräume. Elektrische Metallbandsäge. April 1950.

Karnerhof in Wiesmath (NÖ). (Haus-Nummer 265).
Neubau des Bauernhofs der Familie Ernst mit ERP-Finanzierung. Die Besitzerin mit ihren fünf Kindern und dem Hund vor der äußeren Gebäudefront. Mai 1950.

Neues Walzwerk.
Hüttenwerk der Alpine Montangesellschaft. Neues amerikanisches Morgan-Walzwerk aus ERP-Mitteln. Dezember 1950.

Oesterreich erhaelt Saatmais im Rahmen der ERP-Hilfe.
Aus ERP-Mitteln angekaufter amerikanischer Saatmais gelangt in Oesterreich zur Verteilung.
Arbeiter entladen in Saecken angelieferten Mais aus Waggons. April 1950.

Lech am Arlberg
ERP-Hilfe für die Österreichische Fremdenverkehrswirtschaft.
Fotoserie und Text: USIS Staff.
März 1951.

Lecher Kinder
Die jungen Lecher zieht es zum Skifahren wie die Enten zum Wasser.

Beim Kriegerhornlift nehmen sich die Skifahrer Zeit fuer ein Sonnenbad. Der Kriegerhornlift wird zur Zeit neu gebaut und soll naechstes Jahr in Betrieb gehen.

Eine Skifahrerfamilie geht frueh am Morgen zum Skifahren in die Berge.

Warther Tunnelumfahrung
Foto und Text: American ISB Staff (Lukasch).
Lechtal. August 1950.

Der enge Warther Tunnel bildet einen Engpass im Verkehr auf der Lechtalstrasse. Groessere Autobusse und Lastfuhrwerke koennen ihn ueberhaupt nicht passieren. Man baut jetzt an einer Tunnelumfahrung, die den Sommerverkehr dienen soll. Winters wird der Tunnel auch weiterhin der Lawinen wegen benuetzt werden.

Auf der Lechtalstraße. Im Hintergrund, wo die Arbeiter stehen, beginnt die in Bau befindliche Tunnelumfahrung.

Im Westen

Die „Amerikaner" in Wien.
Aus New York eingetroffene Wagen der TARS (Third Avenue Railway System) werden zu Adaptierungsarbeiten in die Rodauner Straßenbahnwerkstätte gebracht.
Foto: USIS Staff. Wien. 27. Juli 1949.

Wanderausstellung über den Marshallplan.
Der Bürgermeister von Rottenmann (links) besichtigt den großen Traktor, der die beiden Ausstellungswagen zieht.
Foto: USIS Staff. Rottenmann. 13. Juli 1950.

Wanderausstellung über den Marshallplan.
Kinder stürmen den Ausstellungswagen in Rottenmann.
Foto: USIS Staff. Rottenmann. 13. Juli 1950.

Europazug.
ERP-Wanderausstellung in fünf Eisenbahnwaggons nach der Eröffnung am Hauptbahnhof in Klagenfurt. Buben am Geländer vor dem Zug.
Foto: USIS Staff. 18. Juli 1952.

Im Osten
In russischen Haenden.
Fotoserie und Text: USIS Staff. 1951.

Oesterreichs Oel in russischen Haenden.
Seit dem Jahre 1945 stehen die reichen Oelfelder von Zistersdorf, Neusiedl und Matzen unter russischer Kontrolle.

Oesterreichs Schiffahrt in russischen Haenden
Eine der Anlagen der ehemaligen Ersten DonauDampfschiffahrts Gesellschaft, die vor dem Kriege Gueter aus Deutschland bis zum Schwarzen Meer transportierte. Seit 1945 befindet sich die Gesellschaft in russischen Haenden.

Oesterreichs Oel rollt nach dem Osten
In Tankwagen mit russischen Aufschriften rollt das oesterreichische Oel nach der Sowjetunion.
Die Russen nahmen Oesterreich das Oel weg ohne Ruecksicht auf die oesterreichische Wirtschaft und ohne jegliche Verguetung.

Oesterreichs Fabriken in russischen Haenden
Ein Arbeiter in einer der 380 oesterreichischen Fabriken, die von den Soviets uebernommen und der USIA betrieben werden.
Erst versteckte er sein Gesicht vor der Kamera, spaeter begann er aber doch zu erzählen.

USIA-Läden
Oesterreichische Verkaufslaeden in russischen Haenden.
Fotoserie und Text: USIS Staff. 1951.

Oesterreichische Verkaufslaeden in russischen Haenden. Preistafel vor einem der 126 Verkaufsgeschaefte, die von der USIA in Oesterreich betrieben werden.

Die Russen verletzen oesterreichische Monopole. Schnapsflaschen in der Auslage eines der 126 von den Russen betriebenen USIA-Geschaeften. Branntwein steht in Oesterreich unter Staatsmonopol. Die Russen verkaufen in ihren USIA-Geschaeften Branntwein und Getraenke, denen Branntwein zugesetzt ist, der in USIA-Brennereien gebrannt wurde.

In Oesterreich gibt es 126 Verkaufsgeschaefte, die von der USIA betrieben werden. Wie Finanzminister Dr. Eugen Margaretha am 11. Juli 1951 dem Nationalrat berichtete, zahlen diese Betriebe zu wenig Steuern und verletzen durch Nichteinhaltung der Sperrzeiten die Gewerbeordnung.

In einem der 126 Verkaufslaeden, die von der USIA in Oesterreich betrieben werden. Die Preise koennen hier niedrig gehalten werden, weil diese Betriebe trotz ihres Tagesumsatzes von 20.000 Schilling keine Umsatzsteuer zahlen. Ein anstaendiger oesterreichischer Kaufmann, der seine Steuern zahlt, kann mit diesen Geschaeften nicht konkurrieren.

USIA-Läden
Fotoserie und Text: USIS Staff. Wien. 1953.

USIA-Laden in Wien IV., Ecke Freihausplatz/Operngasse.
März 1953.

Tafeln mit Preisen deutlich unter dem Niveau oesterreichischer Geschaefte ziehen Kunden, insbesondere Hausfrauen mit einem kleinen Budget an.
März 1953.

USIA-Verkaufsmagazin in Wien II., Heinestraße 2.
Russischer Laden im 2. Wiener Bezirk, wo von Motoraedern bis zu Zigaretten alles verkauft wird.
Dezember 1953.

Offene Packung der Sorte „Travel", die 1953 in den sowjetischen USIA-Geschäften in Wien verkauft wird.
Russische Zigaretten werden in den russischen Laeden in Wien verkauft. Diese Packung aehnelte der amerikanischen Chesterfield Packung.
Dezember 1953.

Das Ende
Ausverkauf in den USIA-Läden.
Fotos: Harry Weber. Wien. 1955.

5. KAPITEL

Identitäten

Warten auf Dulles
Staatssekretär Bruno Kreisky, der US-Botschafter in Österreich Lewellyn Thompson und Außenminister Leopold Figl.
Foto: Harry Weber.
Tulln. 13. Mai 1955.

‹‹‹ **Warten auf Molotow**
Sowjetische Offiziere am Flughafen Vöslau. Zeitvertreib durch Schach.
Foto: Harry Weber
Vöslau. 14. Mai 1955.

Die letzten Tage und Stunden vor Unterzeichnung des Staatsvertrags verdichten sich in den Fotografien der österreichischen Starfotografen Harry Weber und Erich Lessing zu Augenblicken freudiger und gespannter Erwartung.

13. Mai. Harry Weber fotografiert in einem Extraraum am amerikanischen Militärflughafen auf dem Tullnerfeld Staatssekretär Kreisky, Botschafter Thompson und Außenminister Figl, die in Begleitung bei Tee und Zigaretten auf die Ankunft des amerikanischen Außenministers John Foster Dulles warten. Um 12.40 Uhr trifft Dulles mit dem Sonderflugzeug Präsident Eisenhowers aus Paris kommend ein. Von amerikanischer Seite sind neben Botschafter Thompson u. a. der Stadtkom-

Staatsvertrag
Tausende begeisterte Wiener im Garten des Belvederes.
Foto: Erich Lessing. Wien. 15. Mai 1955.

mandant der amerikanischen Besatzungsstreitkräfte in Wien Richard H. Davis, der Österreichexperte im amerikanischen Außenministerium Richard B. Freund und auch der stellvertretende Direktor des US-Informationsdienstes für Westeuropa Walter Roberts zugegen.
Die Ankunft und die Begrüßung durch Außenminister Figl wird von zahlreichen Foto-, Wochenschau- und Radioreportern aufgenommen. Im Botschaftsauto fährt Dulles anschließend durch beflaggte Ortschaften der Donau entlang nach Wien. Vor der amerikanischen Botschaft hält der Wagen. Die USIS-Bildreporter fotografieren einen Buben in kurzer Hose, der vor dem Wagen stehend seine Kamera für eine Aufnahme vorbereitet.
Für den amerikanischen Außenminister, der zum ersten Mal nach Wien kommt, sind an diesem Tag keine offiziellen Termine vorgesehen. Anders für die Österreicher. Bereits am frühen Nachmittag ist die Ankunft des britischen Außenministers Sir Harold Macmillan vorgesehen und Figl und Kreisky eilen nach Schwechat zur Begrüßung. Am Abend, um 18.35 Uhr landet schließlich der französische Außenminister Antoine Pinay ebenfalls in Schwechat und wird von den Österreichern begrüßt. Damit sind die „Westmächte" komplett, wie die „Wiener Zeitung" am 14. Mai berichtet:

Nur mehr einen Tag trennt das österreichische Volk von der Unterzeichnung des Staatsvertrages, die um die Mittagstunde des Sonntags im Marmorsaal des Belvederes durch die Außenminister der vier Großmächte und Außenminister Dr. h.c. Ing. Figl vorgenommen wird. Gestern trafen bereits die Außenminister der Westmächte auf dem Luftwege in Wien ein, heute vormittag wird der sowjetrussische Außenminister Molotow erwartet.
Die zuständigen Stellen in Österreich haben in fieberhafter Eile die letzten Vorbereitungen getroffen, um dem historischen Tag der Vertragsunterzeichnung einen entsprechenden Rahmen zu verleihen.
Wie das Bundeskanzleramt bekanntgibt, wurde nunmehr der genaue Zeitpunkt für den feierlichen Staatsakt der Unterzeichnung des Staatsvertrages am Sonntag mit 11 Uhr 30 festgesetzt.

14. Mai. Alles wartet auf Molotow. Harry Weber konzentriert sich auf das Wesentliche und fotografiert am sowjetischen Flughafen in Vöslau sowjetische Offiziere beim Schachspielen. Um 14.30 Uhr trifft Molotow ein und wird von Außenminister Figl, Staatssekretär Kreisky und dem sowjetischen Botschafter Iljitschow begrüßt. In Wien streifen die USIS-Bildreporter durch die Straßen in der sowjetischen Zone und fotografieren zum letzten Mal die USIA-Betriebe. „Hoch der Staatsvertrag" steht auf einem Transparent über dem Eingangstor der Maschinenfabrik Schäfler und Budenberg und darüber groß und mächtig der Sowjetstern.

15. Mai. Wenn es so weit ist.
Am 24. März 1952 stehen eine Frau, ein Kind und ein Mann mit Hut und Gamsbart im Linzer Landesmuseum vor einem Monument und einem identitätsbildenden Symbol Österreichs und seiner Geschichte. Fünf Schilling pro Person hat der Eintritt gekostet. Das Geld wird in die Finanzierung für den Transport der „Königin von Österreich" von Linz nach Wien einfließen, der am 25. und 26. April stattfinden wird. „Queen of Austria", so nennen die Amerikaner in ihrer Bildgeschichte die „Pummerin" und sie dokumentieren den ganzen 183 Kilometer langen Weg nach Wien, die Fahrt auf den Straßen, die Stationen in den Städten und die Anteilnahme der Bevölkerung bis zur Ankunft in Wien und den Weg von Schönbrunn über die Mariahilfer Straße bis zum Stephansplatz.
Der von den USIS-Fotografen bildlich dokumentierte Weg der „Pummerin" von Linz nach Wien gibt uns ganz konkretes materielles Zeugnis für die Bedeutung von Zeichen und Symbolen in der Identitätsbildung von Nationen. Die Wiedereröffnung des Burgtheaters am 15. Oktober und der Staatsoper am 5. November 1955 bildet den Abschluss der für die Ausbildung der österreichischen Identität so entscheidenden symbolischen Akte im Jahr 1955.
Das entscheidende Ereignis und den Höhepunkt bildet selbstverständlich die Unterzeichnung des Staatsvertrags im Belvedere am 15. Mai 1955.

Hoch der Staatsvertrag
Laxenburgerstraße 96.
Fassade mit Einfahrtstor: Maschinenfabrik Schäfler und Budenberg, mit Sowjetstern am Dach als USIA-Betrieb gekennzeichnet.
Mit Transparent: „Hoch der Staatsvertrag".
Foto: USIS. Wien. Mai 1955.

Staatsvertrag unterzeichnet!
Historisches Ereignis im Wiener Belvedere.
Die vier Außenminister der Großmächte, Pinay (Frankreich), Macmillan (Großbritannien), Molotow (UdSSR) und Dulles (Vereinigte Staaten), sowie Außenminister Dr. h. c. Ing. Figl setzten ihre Namen unter das Dokument.
Der authentische Wortlaut des Staatsvertrages im Inneren des Blattes.
Österreich nach siebzehn Jahren endlich frei.

So lautet der bemerkenswerte Text in der Extra-Ausgabe der „Wiener Zeitung" vom 15. Mai 1955, der gleichzeitig eine historische Interpretation des darunter abgebildeten Fotos mit dem „denkwürdigen Augenblick" bedeutet: Es sind 17 und nicht 10 Jahre, an die erinnert wird, wenn es heißt „endlich frei".
Erich Lessings eindrucksvolle Szenen mit der jubelnden Menge im Garten des Belvedere sind gegenwärtige und historische Dokumente zugleich.
Gegenwärtig sind sie zunächst im ganz konkreten Sinn, da sie in Form einer Wanderausstellung im Jahr 2005 durch die österreichischen Bundesländer reisen, gegenwärtig sind sie aber auch durch ihre Präsenz in den Köpfen der Menschen, weil sich in ihnen ein mentales Bild materialisiert: „die jubelnde Menge vor dem Belvedere".
Historische Dokumente sind sie, weil ein Künstler als Zeitzeuge und in seiner

Practice makes perfect
Ankunft des US-Außenministers vor der amerikanischen Botschaft.
Foto: USIS Staff.
Wien. 13. Mai 1955.

eigenen Bildsprache die aktive Beteiligung der Bevölkerung an diesem Ereignis und an diesem identitätsbildenden Akt festgehalten hat.
Bilder prägen das Bewusstsein und die historische Erinnerung. Letztendlich ist es aber doch die Sprache und das Zur-Sprache-Bringen, die für eine kontextuelle Einbindung und für eine rationale Interpretation der Geschichtsbilder sorgen muss.
In der großen Bildserie der USIS-Fotografen über den Staatsvertrag zeigen sich einmal mehr die Vorteile einer redaktionell gestalteten Serie, in der sich der Ablauf und die Schauplätze eines ganzen Tages zu einer Bilderzählung verdichten.
Nur auf den ersten Blick bestimmt die Chronologie den Ablauf. Denn dramaturgische Elemente werden bewusst gesetzt: ein Blick auf die wartende Menge morgens am Eingang zum Schloss Belvedere, die durch das Gittertor einen Blick auf die ankommenden Außenminister zu erhaschen versucht, die Autos mit den Diplomaten, die auf dem Weg zum Belvedere an jubelnden Menschen vorbeifahren, die Begrüßung des amerikanischen Außenministers Dulles durch Bundeskanzler Raab und Vizekanzler Schärf, der Akt der Unterzeichnung und die Präsentation einer Seite des Staatsvertrags mit den sowjetischen und britischen Unterschriften und Siegel sind einprägsame Momentaufnahmen. Bilder mit den Außenministern am Balkon und der jubelnden Menge, die Abfahrt der Diplomatenwägen durch die Prinz-Eugen-Straße durch ein Spalier von Menschen und die Ansammlungen auf den Straßen und Plätzen Wiens runden das Bild, ehe sich ein neuer Höhepunkt ankündigt: Auf dem Stock-im-Eisen-Platz schwingt die Pummerin in ihrem Gerüst, ein altes Paar strahlt glücklich zu ihr hinauf und die Redaktion schreibt (noch immer auf den amerikanischen Schreibmaschinen und nur auf Englisch):

When the Pummerin chimes in Austria's freedom regained ...!
Press and radio announce: Austria has regained her freedom! Most solemnly, however, the news is proclaimed to the nation by the "Pummerin", the "Queen of Austria" as the hug bell is affectionately called by the Austrians.

Die Pummerin schlägt, Österreich hat die Freiheit erlangt ...!
Die Presse und das Radio kündigen an: Österreich hat seine Freiheit erlangt. Höchst feierlich aber wird die Botschaft an die Nation durch die „Pummerin", die „Königin von Österreich", verkündet, wie die riesige Glocke liebevoll von den Österreichern genannt wird.

Queen of Austria
Foto und Text: USIS Staff.
Linz. 24. März 1952.

Noch ist die „Pummerin" in Linz zu sehen. Bis zu ihrer Ueberfuehrung nach Wien wird die riesige Glocke im Landesmuseum Linz ausgestellt. Der Eintrittspreis (5 Schilling pro Person) fliesst in die Finanzierung ihres Transports nach Wien, der am 25. April beginnen soll.

Die Pummerin reist nach Wien
Fotoserie und Text (engl.): USIS Staff Vienna.
25.–26. April 1952.

Die Reise der „Pummerin" nach Wien. Die „Pummerin" (genannt die Koenigin von Oesterreich), die im Stephansdom montiert werden soll, begann ihre 183 km lange Reise von Linz nach Wien am Freitag, dem 25. April 1952 zu Mittag.

Die Glocke, die in St. Florian gefertigt wurde, beinhaltet immer noch Metall von tuerkischen Kanonen, die waehrend der Belagerung von Wien im Jahr 1683 erbeutet worden waren und urspruenglich in der alten Pummerin, die waeh-

Bei jeder Gelegenheit wurden von der Pummerin Fotos gemacht und die Bevoelkerung hielt in ihrer Arbeit inne, um die „Koenigin von Oesterreich" vorbeiziehen zu sehen. 25. 4. 1952.

Schulkinder in einer Reihe aufgestellt, um die Pummerin auf ihrem Weg nach Wien vorbeifahren zu sehen. 25. 4. 1952.

Auf ihrer Reise nach Wien erklimmt die Pummerin den Strengberg. 25. 4. 1952.

Die Pummerin kommt in Melk an. Im Hintergrund ist das beruehmte Stift Melk zu sehen. 25. 4. 1952.

Die Pummerin auf ihrem Weg nach Wien zwischen Enns und Strengberg an der Grenze zwischen Nieder- und Oberoesterreich. 25. 4. 1952.

Die Pummerin faehrt am Westbahnhof vorbei. 26. 4. 1952.

rend der Schlacht von Wien im Jahr 1945 zerstoert worden war, enthalten waren. Die Pummerin wurde dem Stephansdom von der Bevoelkerung Oberoesterreichs gespendet. Die neue Pummerin, die 21 Tonnen wiegt, einen Durchmesser von 3 m und eine Hoehe von 5,5 m hat, wurde auf einem speziellen Plattformwagen von Linz nach Wien transportiert. Ihre Reise war von Feierlichkeiten in jedem Dorf, das am Weg lag, begleitet.

Die Pummerin kommt in Amstetten an. 25. 4. 1952.

Die Pummerin am Riederberg. 26. 4. 1952.

Sogar am Land stehen die Menschen am Wegrand, um die Pummerin vorbeifahren zu sehen. 25. 4. 1952.

Die Pummerin faehrt die Mariahilfer Strasse entlang. 26. 4. 1952.

Die Pummerin kommt in die Kaerntnerstrasse, im Hintergrund ist der Stephansdom – ihr Ziel – sichtbar. 26. 4. 1952.

Die Menschenmenge winkt der vorbeiziehenden Pummerin zu. 26. 4. 1952.

Die Pummerin reist nach Wien
Fotoserie und Text (engl.): USIS Staff Vienna.
25.–26. April 1952.

Die Pummerin verlaesst Linz und beginnt ihre feierliche Reise nach Wien. 25. 4. 1952.

Junge Linzerinnen in Tracht versammeln sich, um die Pummerin, die „Koenigin von Oesterreich" zu begleiten, als diese ihre Reise von Linz nach Wien beginnt. 25. 4. 1952.

Am Hauptplatz von Enns macht die Pummerin erstmals Halt. 25. 4. 1952.

Russische Soldaten beobachten, wie die Pummerin die Demarkationslinie ueberquert. 25. 4. 1952.

Auf der Fahrt den Strengberg hinauf brach die Verbindung zum Anhaenger. Das war der einzige Zwischenfall. 25. 4. 1952.

Eine Menschenmenge heisst die Pummerin in Amstetten willkommen. 25. 4. 1952.

Die Bevoelkerung von Enns sammelt sich am Hauptplatz, als die Pummerin ihre Reise nach Wien fortsetzt. 25. 4. 1952.

Hier ueberquert die Pummerin die Demarkationslinie an der Enns-Bruecke und kommt in die von Russland besetzte Zone. 25. 4. 1952.

Linzer Frauen in Tracht verabschieden sich von der Pummerin, der „Koenigin von Oesterreich". 25. 4. 1952.

Die Pummerin in Erlauf. 25. 4. 1952.

Bei jeder Gelegenheit wurden von der Pummerin, der „Koenigin von Oesterreich", Fotos gemacht. 25. 4. 1952.

Der Pfarrer der Gemeinde Erlauf heisst die Pummerin willkommen. 25. 4. 1952.

Die Pummerin reist nach Wien
Fotoserie und Text (engl.): USIS Staff Vienna.
25.–26. April 1952.

Am Ziel
Die Pummerin in Schoenbrunn, wo sie vom Wiener Domkapitel uebernommen wird. 26. 4. 1952.

Die Pummerin kommt beim Stephansdom an. 26. 4. 1952. ›››

GABRIEL
HOTEL
ANTONOVICH

Im Schlosspark ›››
Österreichische Gendarmerie
im Garten des Belvedere.
Foto: Harry Weber. Wien. 15. Mai 1955.

Erwartung
Warten auf die Außenminister im Bundeskanzleramt: am rechten Fenster Julius Raab, im Vordergrund Adolf Schärf.
Foto: Erich Lessing. Wien. 15. Mai 1955.

Der Österreichische Staatsvertrag
Fotoserie und Text (engl.): USIS Staff.
Wien. 15. Mai 1955.

Am Eingang zu Schloss Belvedere, in der Prinz-Eugen-Strasse, versucht die neugierige Menge einen Blick auf die Aussenminister der Signatarmaechte zu erhaschen.

Bundeskanzler Raab und Vizekanzler Schaerf heissen Aussenminister Dulles willkommen.

Die Autos der Diplomaten fahren an der jubelnden Menge vorbei.

Der denkwuerdige Zeitpunkt ist gekommen: die Unterzeichnung des Vertrags, durch den Oesterreich Freiheit und Unabhaengigkeit erlangt.

Journalisten von Film, Radio und Presse warten auf die Ankunft der Delegation beim Schloss Belvedere.

Die sowjetischen und britischen Unterschriften und Siegel.

Nach der Unterzeichnung tritt die Delegation auf den Balkon, wo sie von einer begeisterten Menschenmenge bejubelt wird.

Die jubelnde Menge beim Schloss Belvedere.

Die Aussenminister auf dem Balkon von Schloss Belvedere.

Die riesige Menge in den Gaerten von Schloss Belvedere.

Die Aussenminister auf dem Balkon von Schloss Belvedere.

Die riesige Menge in den Gaerten von Schloss Belvedere.

Der Österreichische Staatsvertrag
Fotoserie und Text (engl.): USIS Staff.
Wien. 15. Mai 1955.

Abfahrt der Diplomatenwaegen durch die Prinz-Eugen-Strasse.

Abfahrt der Diplomatenwaegen durch die Prinz-Eugen-Strasse.

Gedraenge in der Prinz-Eugen-Strasse.

Froehliche Menschen bevoelkern die Strassen ihrer Stadt.

Klangvoll verbreitet die Pummerin im Land die Nachricht ihrer Ankunft am Stephansplatz.

Die Pummerin schlaegt, Oesterreich hat die Freiheit erlangt …

Kraftvoll schwingt die gewaltige Glocke in ihrem Geruest.

Die Pummerin schlaegt, Oesterreich hat die Freiheit erlangt …

Der Österreichische Staatsvertrag
Fotoserie und Text (engl.): USIS Staff.
Wien. 15. Mai 1955.

Vor dem Riesentor.

Der herrliche Anblick des festlich beleuchteten Rathauses zieht Tausende trotz heftigen Regens an.

‹‹‹ **Te Deum im Stephansdom**
Trotz stroemenden Regens draengen riesige Menschenmassen in den Stephansdom zum feierlichen Te Deum.

Tanz im Regen
Der Regen kann das froehliche Tanzen auf der Ringstrasse nicht verhindern.

Feuerwerk zur Eröffnung des Burgtheaters
Fotocollage: Harry Weber.
Wien. 15. Oktober 1955.

‹‹‹ **Eröffnung des Burgtheaters**
Blick in die Logen.
Foto: Lothar Rübelt.
Wien. 15. Oktober 1955.

Eröffnung des Burgtheaters
Außenansicht.
Foto: Lothar Rübelt.
Wien. 15. Oktober 1955.

„König Ottokars Glück und Ende"
Attila Hörbiger als Rudolf von Habsburg und Ewald Balser als König Ottokar.
Foto: Lothar Rübelt. 15. Oktober 1955.

„König Ottokars Glück und Ende"
Raoul Aslan als Ottokar von Horneck.
Foto: Lothar Rübelt. 15. Oktober 1955.

Journalisten bei der Probe zu „König Ottokars Glück und Ende".
Foto: Lothar Rübelt. Wien. 14. Oktober 1955.

‹‹‹ **Eröffnung der Staatsoper**
Staatsakt. Bundespräsident Theodor Körner in der Loge.
Foto: Harry Weber.
Wien. 5. November 1955.

Eröffnung der Staatsoper
Außenansicht.
Foto: Lothar Rübelt.
Wien. 5. November 1955.

Vernichtung
Fotos und Text: USIS Staff (Okamoto).
Wien. 1952.

Das zu den groessten Hoffnungen berechtigende junge Taenzerpaar des Wr. Staatsopernballetts – Gretl Bauer und Willy Dirtl – wurden auf einem Gang durch die im Wiederaufbau befindliche Staatsoper zu einer Tanzschoepfung inspiriert, die Glanz, Zerstoerung und Wiederauferstehung des ruhmreichen Opernhauses ueberzeugend zum Ausdruck bringt.

Der Wiederaufbau beginnt

„Fidelio"
Massenszene im Kerker.
Eröffnung der Staatsoper.
Foto: Harry Weber.
Wien. 5. November 1955.

ERFRISCHUNGEN
Eis-Onkel

6. KAPITEL

Getrennte Welten

Im Freibad
Foto: Otto Croy.
Wien Umgebung. 1947.

‹‹‹ **Beim Eis-Onkel**
Anstellen bei Eis und Erfrischungen.
Foto: Otto Croy. Wien Umgebung. Um 1947.

Harmlose und billige Vergnügungen im Freibad, auf der Festwiese oder in den Kinos, die amerikanische Filme und Wochenschauen spielen, zählen zu typischen Alltagssituationen der frühen 50er-Jahre. Diese öffentlichen Räume sind die Schauplätze der Kommunikation und des sozialen Austauschs für Jugendliche, Kinder, Frauen und Männer. Im Übrigen aber vermitteln die Bilder und Szenen vom Alltagsleben in Österreich zwischen 1945 und 1955 den Eindruck völlig getrennter Welten von Frauen, Männern und Kindern.
Auf den Bildern Otto Croys aus den Jahren 1945 und 1946 sieht man die „Frauen der ersten Stunde", Frauen, die auf den Straßen schwere körperliche Arbeit – „Männerarbeit" – leisten und mit Selbstverständlichkeit durch diese Arbeit im

Badefreuden
Foto: Otto Croy.
Wien Umgebung. 1947.

privaten und im öffentlichen Raum entscheidend zum Wiederaufbau beitragen. Aus den ersten Bildserien der Amerikaner und ihrer textlichen Dokumentation geht hervor, dass die systematischen Beseitigungen von Bombenschutt kurzfristige und gut organisierte, von gesetzlichen Maßnahmen begleitete Aktionen waren. So war die Zuweisung von Lebensmittel- und Bekleidungsscheinen an den Nachweis von Arbeitsleistungen gekoppelt und sowohl die „Durchführung von Notstandsarbeiten" in Wien im August 1945 als auch die „Sicherstellung der für den Wiederaufbau erforderlichen Arbeitskräfte" im Februar 1946 für ganz Österreich wurden jeweils durch Gesetze geregelt, die auf die Arbeitsleistungen von Männern und Frauen gleichermaßen abzielten.

Bemerkenswert ist allerdings die ausführliche Bilddokumentation von Frauenarbeit in den von den Amerikanern unterstützten Firmen und Betrieben, die für die Wiederinstandsetzung der Infrastruktur und die Herstellung von Bedarfsartikeln für den täglichen Bedarf sorgten.

Mit der „Normalisierung" der ökonomischen Situation und des sozialen Lebens einher geht in den frühen 50er-Jahren die Festlegung klassischer Rollenbilder. „Im Reich der Frau", „Modeschau für ‚starke Damen'" oder „Schlank und gesund durch die ‚Verjüngungstonne'" sind Titel, die auch in Bildberichten der Austria Wochenschau aus den 50er-Jahren nicht unbeliebt waren und die das öffentliche Bild der Frau prägten.

In den Bildberichten der USIS-Redakteure wird das Augenmerk auf eine didaktische Komponente und die Modernisierung und Förderung des Wohlstands gelegt, die durch die amerikanische Wirtschaftshilfe ermöglicht wurde.

So lautet der Bericht über eine Schulausstellung im Messepalast:

Schule – wie sie sein sollte.

In der Ausstellung „Unsere Schule" werden derzeit im Messepalast Prinzipien, Methoden und Behelfe der modernen Paedagogik in einer eindrucksvollen Schau vorgefuehrt, die auch vom Gesichtspunkt zeitgemaessen Ausstellungswesens Wien zur Ehre gereicht. Der aeltere Besucher wird etwas wehmuetig gestimmt, wenn er sieht, was er alles vor Jahrzehnten in seiner Schule entbehren musste. Noch wehmuetiger ist allerdings vielen Eltern schulpflichtiger Kinder zumute, denen hier erst voellig klar wird, wie rueckstaendig die Schulverhaeltnisse in Oesterreich teilweise noch sind. Trotz allem, seien wir dankbar fuer diese Ausstellung, die uns wenigstens einmal vor Augen fuehrt, in welchen Schulverhaeltnissen alle Kinder in Oesterreich aufwachsen mussten und – so wollen wir es wenigstens hoffen – auch einmal aufwachsen werden. In unserer Bilderfolge geben wir einige fuer die moderne Arbeitsschule charakteristische Einzelheiten wieder.

Die vierte Klasse einer Maedchen-Hauptschule zeigt, dass man in der modernen Schule grossen Wert aufs Kochen legt.

Um eine Hilfsaktion zu bewerben, mit der das Anlegen von 260 Mustergärten in Österreich gefördert wurde, besucht man eine Familie in Oberlaubichl in Salzburg und fotografiert zwei Frauen beim Einlagern von eingekochtem Obst und Gemüse.

Lernen durch Tun
Mehr Gemuese und Obst das ganze Jahr hindurch zur Verbesserung der Ernaehrung im Bauernhaus: Aus diesem Gedankengang heraus wurden mit Unterstuetzung der U.S. Wirtschaftsmission und des Bundesministeriums fuer Land- und Forstwirtschaft 260 Musterhausgaerten auf Bauernbetrieben in allen Bundeslaendern angelegt. Beraten durch die Fachkraefte der Landwirtschaftskammern haben Baeuerinnen und hauptsaechlich die Mitglieder der weiblichen Landjugend an diesem Programm teilgenommen. In den 300 qm grossen Gaerten werden Gartenbegehungen mit Baeuerinnen und Bauernmaedchen der Umgebung und praktische Vorfuehrungen der richtigen Fruchtfolge, der Anwendung arbeitssparender Gartengeraete, der Schaedlingsbekaempfung und Pflege- und Erntearbeit durchgefuehrt. Ausserdem finden Gemuesekochkurse und Einkochkurse statt. Im Rahmen des Programms wurden Saatgut, Pflanzen, Duenge- und Schaedlingsbekaempfungmittel, Garten- und Einkochgeraete und Tafeln fuer die Gaerten zur Verfuegung gestellt. Auf dem Hof der Familie Rieder, Oberlaubichl, Pfarrwerfen, Land Salzburg, beteiligt sich die oertliche Landjugend-Maedchengruppe rege an der Arbeit im Garten. Einmal woechentlich kommen 3 bis 4 der 33 Mitglieder abwechselnd zur Arbeit in den Garten und verwirklichen so das Motto der Landjugend „Lernen durch Tun".

Werfen wir im Gegenzug einen Blick auf die Männerwelt.
Zwei Szenen: Otto Croy fotografiert in der frühen Nachkriegszeit 1945/1946 vereinzelte Arbeiter auf den Straßen Wiens. Wir sehen einen Plakatierer der Firma Gewista bei der Arbeit. Im Bildvordergrund liegt der noch nicht geräumte Bauschutt von kriegsbeschädigten Häusern. Harry Weber zeigt 1952 den Arbeitsschluss in den Steyr-Werken. Eilig und mit weit ausholenden Schritten verlassen die Arbeiter die Fabrik. Am Rand steht ein Mädchen mit einer Schultasche am Rücken und sucht mit angespanntem Blick wohl ihren Vater.
Es sind Zeitdokumente, in denen sich Nachkriegssituationen zu symbolischen Bildern verdichten: die sichtbaren visuellen Spuren des Krieges, die Wiederaufnahme der Arbeit und des Arbeitslebens nach 1945, die Dynamik des Wiederaufbaus und des wirtschaftlichen Aufschwungs in den frühen 50er-Jahren.
Auch die Bildberichte der USIS-Redaktion liefern genügend Stoff zu diesem Thema. Ein Bericht über die Fernmeldemonteurschule der Post- und Telegraphenverwaltung vom Dezember 1954 lautet:

Tanz im Waldbad
Foto: Otto Croy.
Wien Umgebung. Um 1946.

Die Glocken von St. Marien ›››
Haydn-Kino.
Foto: Lothar Rübelt.
Wien. 1947.

Pacific Express
Apollo-Kino.
Foto: Lothar Rübelt.
Wien. 1947.

Postlehrling zu werden ist gar nicht so einfach. Von 500 bis 800 Buben, die sich jaehrlich fuer diese Lehrstellen melden, kann nur ein Zehntel oder noch weniger aufgenommen werden. Nur solche, die bei der Eignungspruefung die besten Leistungen aufzuweisen haben, werden Postlehrlinge. Damit haben die Vierzehnjaehrigen allerdings ihre Staatsanstellung mit Pension so gut wie in der Tasche. Eine Woche nach der Freisprechungsfeier bekommen die ausgelernten Fernmeldemonteure ihre Anstellungspatente bei der oesterreichischen Post. Das klingt ganz einfach, aber bis dahin muessen die jungen Maenner viel lernen. Vom Tischlern, Zimmern, Mauerverputzen, Lichtleitungen- und Kabellegen bis zur komplizierten Anlage einer vollautomatischen Telephonzentrale muss der Fernmeldemonteurlehrling alles verstehen und beherrschen. Unser Bildbericht aus der Wiener Fernmeldemonteurschule zeigt einen Teil der Ausbildung.
Schon frueh erfahren die Fernmeldelehrlinge, dass ihr kuenftiger Beruf auch Schwerarbeit verlangt. Das Aufstellen und Erklettern von Telephonmasten erfordert Kraft und Geschicklichkeit.

Während jedoch das Frauenthema direkt angesprochen und in eigenen Beiträgen gestaltet wird, geht die männliche Arbeitswelt ganz in der Darstellung auf:

Seilzug der Streckenelektrifizierung Amstetten – Wien durch den Rekawinkler Tunnel
Foto: USIS Staff Vienna (Maier). 6.11.1952.
Im Zuge der Elektrifizierung der letzten Etappe der Westbahnstrecke zwischen Amstetten und Wien wurde heute der Seilzug durch den Rekawinkler Tunnel gefuehrt. Sowohl Uebertragungs- als auch Fahrdrahtleitung werden bis Ende Dezember verkehrsfertig sein. Voller Fahrbetrieb wird jedoch erst gegen Ende 1953 moeglich sein.
Vom Plateau des Turmwagens aus pruefen die Monteure die Abfederung des neuzuverlegenden Fahrdrahtes. Jeder Traegermast ist doppelt isoliert (links). Im Hintergrund die Rekawinkler Einfahrt in den fast 100jaehrigen Tunnel.

Der geheimnisvolle Bandit
Vor dem Kreuzkino in der Wollzeile 17.
Um die Mittagszeit.
Foto: Lothar Rübelt.
Wien. 26. September 1947.

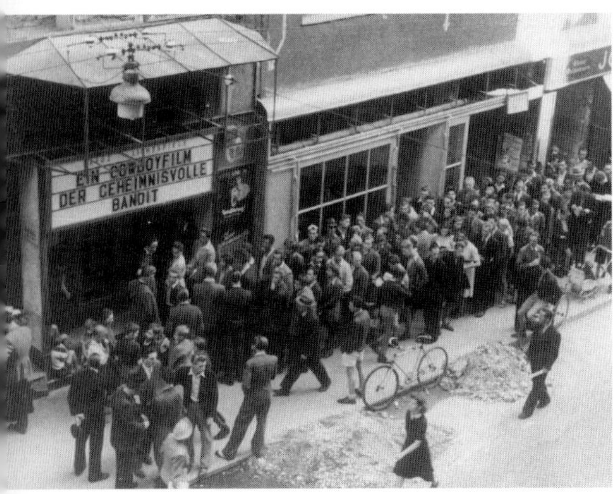

In ihrer eigenen Welt leben die Kinder, auch wenn sie unter ganz besonderer Beobachtung der Eltern, der Erzieher, der Ärzte und der Fotografen stehen. Otto Croy fotografiert private Situationen und Straßenszenen mit der Rückkehr von Kindern aus der Schweiz 1945. Lothar Rübelt fotografiert die Aktionen der Schweizerhilfe und die Dänenhilfe 1946. Im Prater geht wieder das Ringelspiel. In einem ungeheizten Raum macht ein Bub, in seinen Mantel gehüllt, seine Schulaufgaben. Ein unterernährtes Mädchen wird untersucht und blickt zur Krankenschwester auf. Aus dem Rucksack eines der gerade zurückgekehrten Mädchen schaut eine Puppe und blickt dem Betrachter/der Betrachterin ins Auge.

LICHTSPIELE
Die
GLOCKEN
von
ST. MARIEN
UR- UND ALLEINAUFFÜHRUNG
85
WIENER
GEBIETSKRANKENKASSE
FÜR
ARBEITER UND ANGESTELLTE
Bing
CROSBY
Ingrid
BERGMAN
HENRY TRAVERS
WILLIAM GARGAN
Regie:
LEO Mc CAREY
RKO
RADIO

Volksfest Ottakring
Besucherinnen und Besucher auf der Wiese.
Foto: Otto Croy. Wien. 1947.

Osterspaziergang
Foto: Otto Croy.
Wien. Ostern 1946.

Frühjahrsmode
Getupftes Nachmittagskleid, Hut und Sonnenschirm.
Foto: Otto Croy. Wien. 1946.

Nadja Tiller
Mannequin bei Adlmüller.
Foto: Otto Croy. Wien. 1949.

‹‹‹ **Waschtag**
Frau beim Wäschewaschen bei einem Hydranten auf der Straße.
Foto: Otto Croy. Wien. 1945/1946.

Im Reich der Frau
Fotoserie und Text: USIS Staff.
Linz. 8. Dezember 1953.

Am 5. 12. 1953 wurde in Linz die Ausstellung „Im Reich der Frau" eroeffnet. Von der oberoesterreichischen Handelskammer, der Linzer Arbeiterkammer, verschiedenen oesterreichischen Frauenorganisationen und dem Buero des amerikanischen Hochkommissars veranstaltet, dient die Ausstellung dazu, die Vorteile der Modernisierung und Rationalisierung des Haushalts vor Augen zu fuehren.

Die Ausstellungsräume in der Linzer Handelskammer.

Elektrische Schreibmaschine
Anlage zur automatisierten Gebührenverrechnung für Fernsprechteilnehmer in Wien. Elektrische Schreibmaschine zum Speichern.
Foto: USIS Staff. Wien. 11. Jänner 1955.

Wert aufs Kochen
Schulausstellung im Messepalast.
Foto: USIS Staff Vienna (Lebduska).
Wien. Mai/Juni 1952.

Der Mensch lebt nicht vom Brot allein
Einlagern von eingekochtem Obst und Gemüse.
Foto: USIS Staff Vienna. Oberlaubichl. 21. September 1954.

Produktivitätssteigerung im Werk Getzner, Mutter & Cie.
Garnspulen werden in einen eigens konstruierten Transportwagen geladen.
Foto: USIS Staff. Bludenz. März 1952.

Miss Vienna 1953 ›››
Die strahlende Siegerin Lore Felger mit Blumen und Schaerpe. Links von ihr die 2., Dagmar Simecek.
Foto und Text: USIS Staff Vienna (Riedmann).
Wien. 18. Jänner 1953.

Modeschau für „starke Damen"
Im „Tabarin", Wien 1., Annagasse 6.
Foto: USIS Staff Vienna (Maier).
Wien. 26. März 1954.

Miss
1952

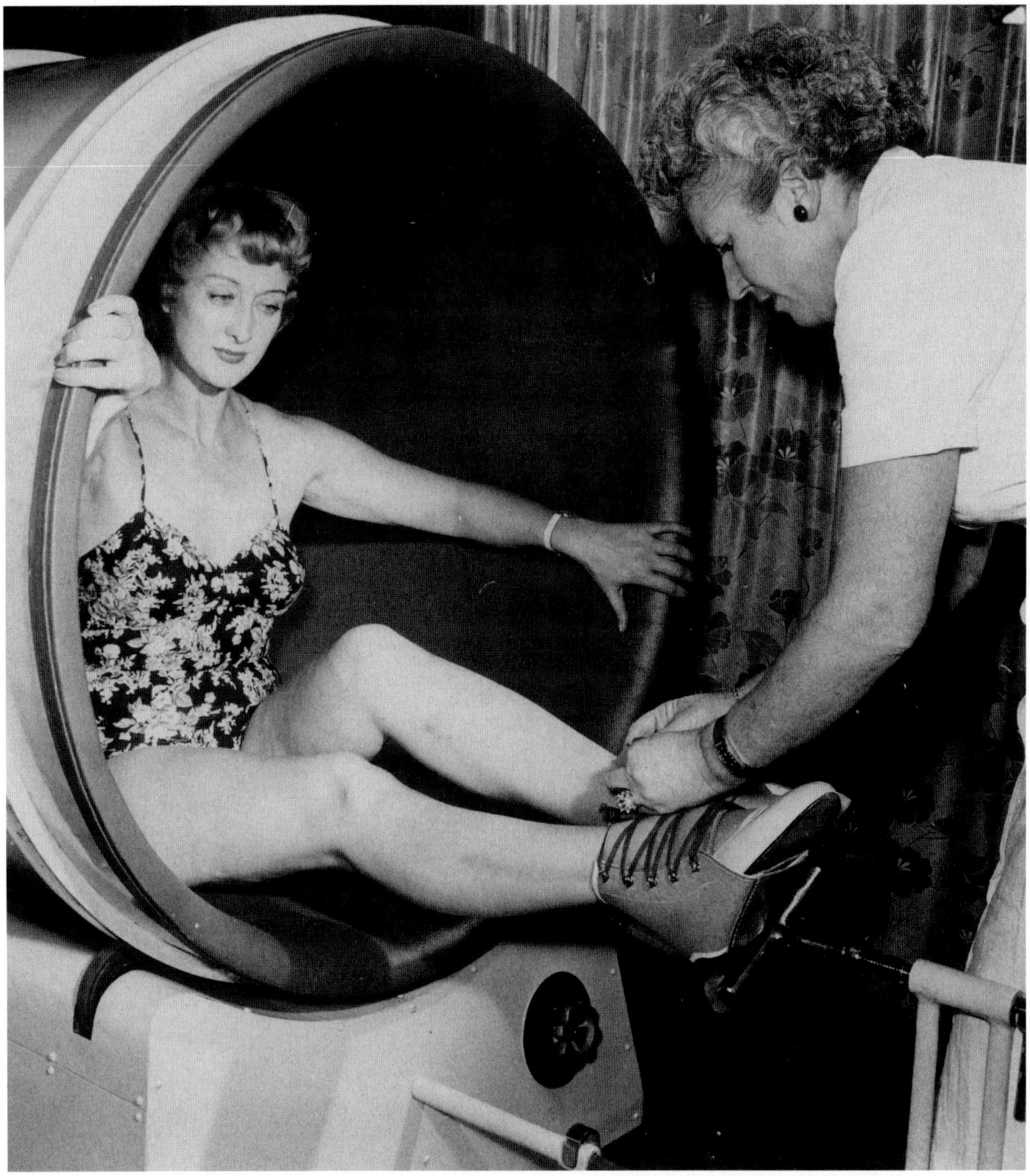

Schlank und gesund durch die „Verjüngungstonne"
Agenturfoto. Wien. 10. November 1954.

‹‹‹ **Trockentraining**
Mitglieder der Wiener Eisrevue proben im Saal.
Foto: Otto Croy. Wien. Um 1946.

Rast auf der Straße
Foto: Otto Croy.
Wien. 1947.

Werbefirma Gewista ›››
Plakatierer am Werk.
Foto: Otto Croy.
Wien. Um 1946/1947.

HEBE
80 JAHRE
KUNDMACHUNG
BULGARISCHES FESTKONZERT
GEWISTA

Seit 50 Jahren verlässlich und billig
Gratis Kühlung bei Ankauf eines Eiskastens.
Foto und Text: USIS Staff (Lebduska).
Wien. April 1954.

Steyr-Werke
Arbeitsschluss am Nachmittag.
Foto: Harry Weber.
Steyr. 1952.

Probesägen
Foto und Text: USIS Staff (Sandtner). Hohenlehen. 1952.
In der Wald- und Gebirgsbauernschule in Hohenlehen an der Ybbs fand ein Probesaegen statt. Die neuen Saegen leisten ein Vielfaches der alten.

Seilzug der Streckenelektrifizierung Amstetten–Wien durch den Rekawinkler Tunnel
Foto: USIS Staff Vienna (Maier). 6. November 1952.

Fernmeldemonteurschule der Post- und Telegraphenverwaltung
Foto: USIS Staff. 14. Dezember 1954.

Kaprun-Oberstufe
ERP-Maschinen tragen viel zur Beschleunigung der Arbeit bei.
Foto und Text: ECA. Mai 1951.

Veitscher Magnesit
Foto: Lothar Rübelt. Mai 1951.

ECA-Hilfe für die Entwässerung des Gailtales
Stapeln von Drainagerohren.
Foto und Text: ECA. September 1951.

Elin-Werke (Weiz)
Das Lager eines Generators wird montiert.
Foto: USIS Staff. Weiz. März 1952.

Schweizer Kinderhilfe ›››
Rückkehr von Kindern aus der Schweiz nach Wien.
Foto: Otto Croy. Wien. 1945.

Leben auf den Denkmälern
Spielende Kinder vor dem Denkmal der Maria Theresia.
Foto: Bruno Völkl.
Wien. 1945.

4
BE

Schweizer Kinderhilfe
Rückkehr von Kindern aus der Schweiz nach Wien.
Fotos: Otto Croy. Wien. 1945.

Hausaufgabe
Warme Kleidung muss den Mangel an Heizmaterial ausgleichen.
Foto: Otto Croy. Wien. 1945.

Dänische Kinderhilfe
Österreichische Kinder, die nach Dänemark verschickt werden, erhalten einen kleinen Unterricht in dänischer Sprache.
Foto: Otto Croy. Wien. Um 1946.

Ärztliche Versorgung ›››
Ein unterernährtes Mädchen wird untersucht.
Foto: Otto Croy. Wien. 1946.

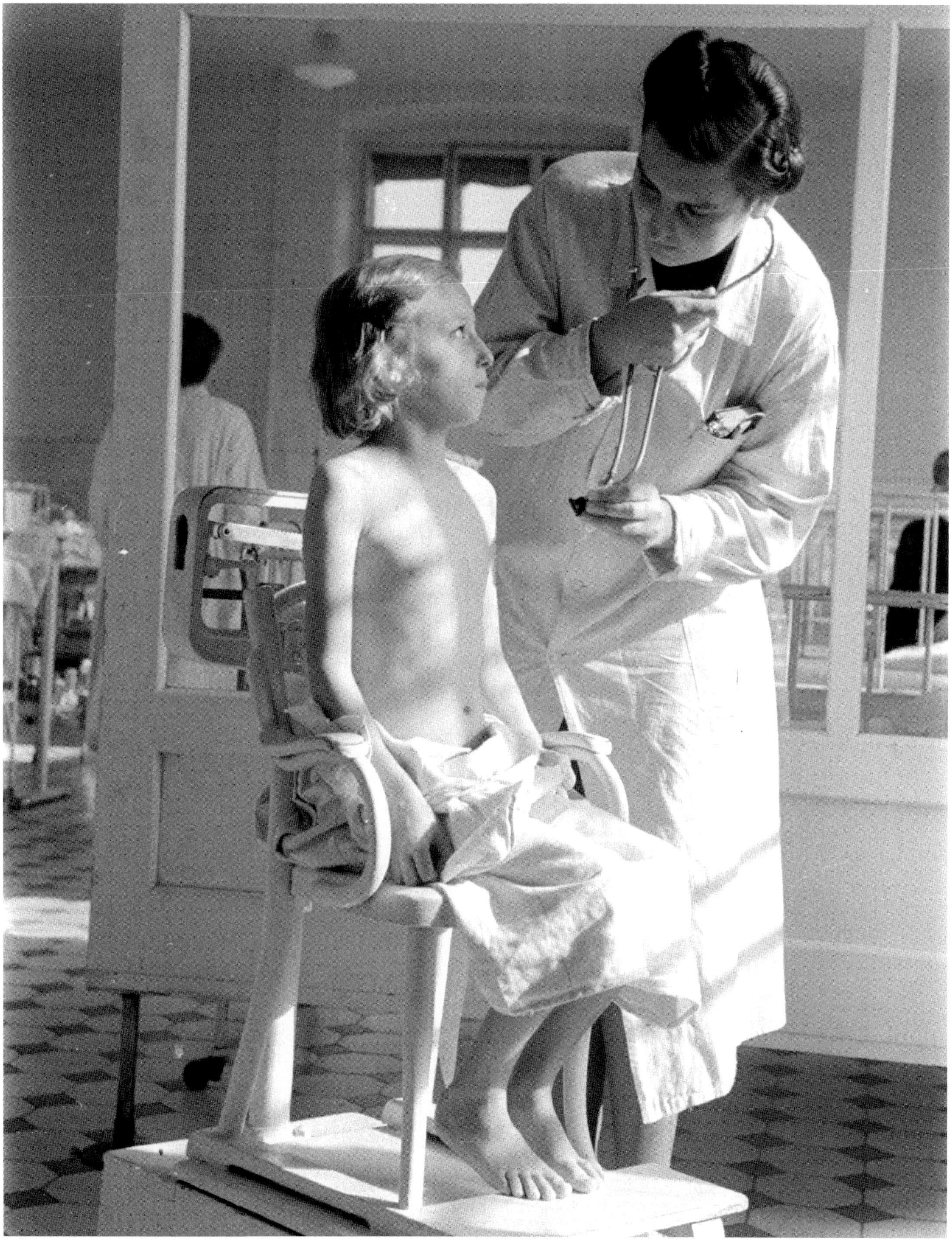

Kinderhilfe
Fotos: Lothar Rübelt im Auftrag des Schweizer Roten Kreuzes.
Wien. 8. Oktober 1947.

Kinderzug des Schweizer Roten Kreuzes.

Schweizer Spende
Fotos: Lothar Rübelt im Auftrag des Schweizer Roten Kreuzes.
Wien. Juni 1947.

Ausspeisungen.

Verteilung von Lebensmitteln.

‹‹‹ **Ringelspiel im Prater**
Foto: Otto Croy. Wien. 1946.

Ringelspiel im Prater
Foto: Otto Croy. Wien. 1946.

Kasperltheater
Volksfest Ottakring.
Foto: Otto Croy. 1947.

JAMBOREE

7. KAPITEL

Der schöne Augenblick

Russisches Ballett in der Hofburg
Foto: Otto Croy. Wien. Um 1946.

‹‹‹ Siebentes Welt-Pfadfindertreffen in Bad Ischl
Britische Pfadfinderinnen beim Haupteingang.
Foto: Franz Hubmann.
Bad Ischl. August 1951.

Für die österreichische Fremdenverkehrswerbung fotografiert Franz Hubmann das siebente Welt-Pfadfindertreffen in Bad Ischl im August 1951: Britische Pfadfinderinnen beim Haupteingang, ein Sikh und ein Pakistani im Gespräch. Die USIS-Bildreporter sind ebenfalls zugegen und dokumentieren das Treffen.

Zur Eröffnung ist der amerikanische Hochkommissar Walter J. Donnelly angereist. Der Sohn des österreichischen Bundeskanzlers Leopold Figl, Johannes Figl, zeigt in Pfadfinderuniform George Donnelly, dem Sohn des amerikanischen Hochkommissars, die Zelte. Mit Hilfe der Amerikaner wird die Veranstaltung zum politischen Ereignis:

Siebentes Welt-Pfadfindertreffen in Bad Ischl
Sikh und Pakistani im Gespräch.
Foto: Franz Hubmann.
Bad Ischl. August 1951.

Am 7. Welt-Pfadfindertreffen, das in Bad Ischl vom 3.-13. August 1951 abgehalten wurde, nahmen 20.000 Pfadfinder aus 42 Staaten der freien Welt teil. In- und auslaendische Persoenlichkeiten, geistliche Wuerdentraeger besuchten die Boy Scouts. Am letzten Tag zaehlte man 40.000 Besucher im Pfadfinderlager.

Ein Beispiel von vielen, das die politische Kontrolle über den Alltag in Österreich 1945 bis 1955 zeigt. Die „Russen" sind auf den Machtbereich ihrer Zone und mit ihren Inszenierungen auf Vorführungen im Konzerthaus und auf die Feste der kommunistischen „Partei des Volkes" angewiesen, die Amerikaner bestimmen den Rest und steuern die Berichterstattung durch ihre professionelle Medienarbeit. Beim „Völkerkongress für den Frieden" im Konzerthaus in Wien (Dezember 1952) wird dies besonders deutlich.
In einer der umfangreichsten Serien des ganzen USIS-Archivs wird der Kongress dokumentiert, werden die Delegierten aufgenommen und identifiziert und die Informationen auf den Negativkuverts vermerkt. Aber die Bilder sind nicht für den allgemeinen Gebrauch und die Publikation freigegeben und bleiben im Archiv. Bereits ein halbes Jahr vor Beginn des Kongresses hatte man mit der Dokumentation der Vorbereitungsarbeiten durch die „Commies" begonnen, um mit gezielten Gegenbildern und Gegengeschichten die Veranstaltung medial zu desavouieren. Das Vorhaben gelang perfekt. Es gab kaum Berichte in den Zeitungen, und wenn, dann mit direkten Verweisen auf die Vorgänge an den Demarkationslinien und den Grenzen, genau so, wie es „George Smith" in der Archivserie „Die Sowjetunion und der Frieden" konzipiert hatte.
Die Amerikaner hatten 1952 politisch, ideologisch und ökonomisch die Auseinandersetzung mit den Sowjets längst für sich entschieden. Die professionelle Arbeit der US-Informationsdienste und besonders der USIS-Bildredaktion leistete dazu einen wichtigen Beitrag, indem sie die umfangreichen wirtschaftlichen und sozialen Hilfsmaßnahmen und die bildungspolitischen Aktivitäten der amerikanischen Besatzungsmacht in Österreich minutiös dokumentierten und mit politischer Hintergrundinformation für die Distribution aufbereiteten.
Betrachten wir die Haupttexte (mastercaptions) einiger Fotos und Serien, die für die Kontextualisierung und gleichzeitig für die politische Einordnung und Steuerung der Bilder sorgten.

Book-Mobile im Rahmen der amerikanischen Architekturausstellung im Zwergerlgarten in Salzburg.
Foto: USIS Staff Salzburg (Helm). 27. 7. 1952.

In einem umfangreichen Informationsprogramm der amerikanischen Dienststellen in Oesterreich eroeffnete im Rahmen einer ebenfalls stattfindenden amerika-

nischen Architekturausstellung „Heute und Morgen" eine moderne Wanderschau neuesten amerikanischen Schrifttums. Ein technisch modernst ausgeruesteter Autobus ermoeglicht in kuerzester Zeit groessere Gebiete zu bereisen und der Bevoelkerung anschaulich einen Begriff amerikanischer Literatur zu uebermitteln. In Salzburg erfreut sich diese Einrichtung bei Alt und Jung groesster Beliebtheit, in der Mehrzahl jedoch ist es die Jugend, welche sich mit einer wahren Begeisterung auf die zur Verfuegung stehenden Buchschaetze stuerzt. Da die Rueckseite des Wagens in den Abendstunden als Kino dient und dadurch eine ganze Reihe von Baenken zur Verfuegung steht, konstruiert sich daraus ein sehr passender Freiluft-Leseraum. Teils in der Sonne und teils im Schatten wird dieser Platz allen Anspruechen gerecht.

Siebentes Welt-Pfadfindertreffen in Bad Ischl
Einige der amerikanischen Pfadfinder fuehrten Volkstaenze in Indianerkostuemen auf.
Foto und Text: USIS Staff.
Bad Ischl. August 1951.

Laendliches Lese- und Filmprogramm.
In hunderten oberoesterreichischen Schulen werden Filmvorfuehrungen gegeben.
Foto: USIS Staff Linz (Schuetz). 19. 6. 1952.
Laendliches Lese- und Filmprogramm
Das US Bildungsfilm- und Leseprogramm des Informationszentrums in Linz, Oberoesterreich, erfreut sich mehr und mehr Beliebtheit in den abgelegenen Doerfern und Staedten Oberoesterreichs.
Das Programm hat sich zu einem bedeutenden und effizienten Re-Edukationsmedium in Oberoesterreich entwickelt. Das Lehrfilmprogramm bietet eine Vielzahl von Themen, eingeschlossen Dokumentationen ueber das Leben in den Vereinigten Staaten und anderen Laendern, Gemeindeaktivitaeten, Landwirtschaftliche Erziehung, Kunst und Wissenschaft ebenso wie Instruktionen in demokratischen Vorgaengen und staatsbuergerlichen Verbesserungen.
Der erzieherische Wert vieler Filme hat ihre Popularitaet unter den Lehrern gesteigert und Vorfuehrungen in hunderten Schulen Oberoesterreichs werden gegeben.

Buecherverleihservice des Wiener U.S. Information Center.
Wolfsegg-Traunthaler Bergwerksgesellschaft erhaelt 300 Buecher.
Fotos: USIS Staff Linz (Schuetz). Dezember 1952.
Das Buchverleihzentrum des Wiener U.S. Informationszentrums hat kuerzlich aufgrund einer Bestellung, die durch den regionalen Amtstraeger für Oeffentliche Angelegenheiten in Linz, Mr Henry Siemer, erfolgte, 300 Buecher an die Wolfsegg-Traunthaler Bergwerksgesellschaft, Linz uebersandt, damit diese an die Werksbibliotheken der Firma in ihren Zweigstellen in Thomasroith und Ampflwang weitergeleitet werden. Die Wolfsegg-Traunthaler Bergwerksgesellschaft erhaelt 300 Buecher. Die Wolfsegg-Traunthaler Bergwerksgesellschaft haelt die

Siebentes Welt-Pfadfindertreffen in Bad Ischl
Im Bild Johannes Figl, der Sohn des Oesterreichischen Bundeskanzlers Leopold Figl, der George Donnelly, dem Sohn des U.S. High Commissioner Walter J. Donnelly, die Zelte zeigt.
Fotos und Text: USIS Staff.
Bad Ischl. August 1951.

Am 7. Welt-Pfadfindertreffen, das in Bad Ischl vom 3.–13. August 1951 abgehalten wurde, nahmen 20.000 Pfadfinder aus 42 Staaten der freien Welt teil. In- und auslaendische Persoenlichkeiten, geistliche Wuerdentraeger besuchten die Boy Scouts. Am letzten Tag zaehlte man 40.000 Besucher im Pfadfinderlager.

groessten Braunkohleminen Oesterreichs und gibt etwa 3300 Menschen Arbeit, die teilweise unter Tag arbeiten; sie ist ein ERP-Projekt. Die Buecher koennen fuer drei Monate ohne Gebuehr entlehnt werden. Sogar die Transportkosten werden vom Informationszentrum uebernommen.

Ein Vergleich dieser Arbeiten mit einem der frühesten Berichte aus Wien im Jahre 1945 verdeutlicht, wie sehr sich die politische Ausrichtung, aber auch die Arbeitsweise der Redaktion geändert hatte. 1952 erhält die Wiener Redaktion Beiträge aus Salzburg und aus Linz oder direkt von den Stabfotografen, die über bemerkenswerte Ereignisse berichten. In der Wiener Redaktion werden die Berichte gesammelt, geordnet, archiviert und nach Kontrolle zur Veröffentlichung freigegeben. Die Dokumentation und mediale Begleitung des Marshallplans und der Bildungs- und Informationsprogramme spielt eine wesentliche Rolle, wenngleich durchaus unter der Rubrik „Verschiedenes" über Österreich und seine Bevölkerung mit einem teils humorvollen Augenzwinkern berichtet wird.
Ein ganz anderes Bild vermittelt ein Bildbericht, der noch in der Salzburger Redaktion über das „Leben in Wien" (so lautet die Bleistifteintragung auf dem Kuvert) verfasst wurde. Es handelt sich um die Aufnahme im Wiener Café Victoria im ersten Bezirk, wo ein Jazzwettbewerb stattfindet:

Salzburg, 17. Aug. 1945
Wien – Kaffee Victoria, wo nach den amerikanischen „Hep tunes" getanzt wird, obwohl die Nazi die amerikanische Musik in den Bann taten. Augenblicklich ist sogar ein Wettbewerb um den „Wiener Jazzkoenig 1945-46" im Gange. Das Wiener Nachtleben beginnt frueh, ungefaehr um ½ 6 Uhr Nachmittag und endet um 10 Uhr abend.
American ISB Staff Photo. (ISB Nr. 139)

Die Geschichte besteht aus einem einzigen Foto und seiner Beschreibung. Auf dem Negativkuvert direkt mit Schreibmaschine geschrieben ist der englische Originaltext, der, wie der Sprachduktus nahe legt, offenbar von einem Nativespeaker verfasst wurde. Ein eigener Papierabschnitt mit dem Durchschlag der deutschen Übersetzung ist auf dem Kuvert aufgeklebt. Alles ist noch provisorisch und „handgemacht". Aber die organisierte und gezielte Herstellung von Information lässt sich aus der Analyse der wenigen erhaltenen materiellen Bildzeugnisse aus dem Jahr 1945 und den Spuren auf den Umschlägen, in denen sie aufbewahrt waren, noch erschließen. Die klar definierte Zielsetzung einer Demokratisierung der österreichischen Gesellschaft nach amerikanischem Vorbild, wie sie von den Informationsoffizieren der ISB formuliert worden war, findet ihren konkreten Niederschlag in den Bildtexten der Redaktion von 1945 bis 1948 durch

Die amerikanischischen Pfadfinder schmuecken den Eingang zu ihrem Lager.

direkte Bezugnahme und Auseinandersetzung mit dem Nationalsozialismus. Sie findet ihre Fortsetzung in den 50er-Jahren mit einer politischen Aufbereitung von Bildinhalten aus den Bundesländern.

Daran sollte man denken, wenn Werktag ist und gearbeitet wird, daran sollte man denken am Sonn- und Feiertag, wenn alle heiligen Zeiten einmal ein Fotograf zugegen ist und Land und Leute unter die Lupe nimmt.

Alle „Heiligen Zeiten" einmal

Nur zu ganz besonderen Tagen wie Allerheiligen oder am Michaelitag (29. September), der zugleich Markttag ist, trifft der Bewohner der hoechst gelegenen Hoefe mit Seinesgleichen im Bergbauerndorf zusammen. Dann hat er auch Gelegenheit, Meinungen und Erfahrungen auszutauschen und im Dorfgasthaus einem guten Tropfen zu huldigen, das Mittagessen hat er bereits um 10 Uhr zu Hause eingenommen. Die alten Leute bleiben bei solchen Anlaessen zu Hause und hueten den Hof.

Der Heimweg wird gemeinsam angetreten, aber jeder haengt seinen eigenen Gedanken nach.

Foto: USIS Staff Innsbruck (Bierbaumer).

Tirol. November 1952.

Partei des Volkes
Gartenfest in Pötzleinsdorf.
Transparente „Die Partei des Volkes" und „Österreich über alles, wenn es nur will, Österreich ist ein befreites Land".
Foto: Otto Croy. Wien. Um 1947.

DIE PARTEI DES VOLKES

CONGRES DES PEUPLES POUR LA PAIX
CONGRESS F THE PEOPLES FOR PEACE
КОНГРЕСС НАРОДОВ В ЗАЩИТУ МИРА
世界人民和平大會
في سبيل السلام
مؤتمر الشعوب
CONGRESSO DEI POPOLI PER LA PACE
CONGRESO DE LOS PUEBLOS POR LA PAZ
VÖLKERKONGRESS FÜR DEN FRIEDEN

„Völkerkongress für den Frieden"
Tagung des Weltfriedensrats im Konzerthaus in Wien.
Fotoserie und Text: USIS Staff.
Wien. 14.–16. Dezember 1952.

Der sowjetische Delegierte Sheik Zade Akimed Aga Djawai Agly haelt seine Rede.

Dimitrij Schostakowitsch als Zuhoerer.

Die Franzoesin Else Triolet bei ihrer Rede.

Tuerkische Delegierte im Gespraech.

Der franzoesische Professor Frédéric Joliot-Curie bei seiner Rede.

Ein Mitglied der aegyptischen Delegation findet es ziemlich ermuedend, den endlosen Reden den ganzen Tag lang zu folgen.

‹‹‹ *Blick in den grossen Saal des Wiener Konzerthauses, in dem der Kommunistische Friedenskongress tagt.*

Erziehen und Unterhalten
Fotos und Text: USIS Staff.
1952–1953.

Book-Mobile im Rahmen der amerikanischen Architekturausstellung im Zwergerlgarten in Salzburg.
Foto: USIS Staff Salzburg (Helm). 27. Juli 1952.

Treffen des Vier Maechte Presse und Unterhaltungssubkomitees.
Foto: USIS Staff Vienna (Nagl). 28. Juli 1953.

Ländliches Lese- und Filmprogramm
In hunderten oberoesterreichischen Schulen werden Filmvorfuehrungen gegeben.
Foto: USIS Staff Linz (Schuetz). 19. Juni 1952.

Bücherverleihservice des Wiener U.S. Information Center
Wolfsegg-Traunthaler Bergwerksgesellschaft erhaelt 300 Buecher.
Die Botschaft um neu eingelangte Buecher machte die Runde und bald war die Bibliothek voll mit Arbeitern, die sich sehr fuer amerikanische Literatur interessierten.
Foto: USIS Staff Linz (Schuetz). Dezember 1952.

USIS-Theater
Gastspiel des Wiener USIS-Theaters mit dem Programm „Mit Musik durch Amerika" in Innsbruck. Olive Moorfield und Marcel Prawy.
Foto: USIS Staff. 22. Juni 1953.

Porgy und Bess
William Warfield bei der Probe zur Auffuehrung an der Wiener Volksoper 1952.
Foto: USIS Staff. 14. September 1952.

Café Victoria
Wettbewerb um den „Wiener Jazzkoenig 1945–46".
Foto: American ISB Staff. 17. August 1945.

USIS-Wanderbühne in Leoben
Kapellmeister Milo Wawack sorgte hinter der Buehne fuer die musikalische Untermalung der einzelnen Szenen.
Alfons Lipp (Mitte) und Veit Relin (rechts) sind begeisterte Zuhoerer.
Foto: USIS Staff Salzburg (Helm). Mai 1952.

„Bierkrügel-Stemmer"
Besser als der New Yorker Kellner Max Semmler, der 16 Bierglaeser auf einmal tragen kann, und ein Muenchner Schankmaedchen, die es bis auf 14 Bierglaeser brachte, sind die zwei Wiener Gastwirte, Otto Ertl (links) und Karl Schulz – die den Rekord mit 20 Kruegeln davontrugen.
Foto und Text: USIS (Lebduska). Wien. 13. November 1953.

Bergbauern am Sonntag
Männer auf dem Heimweg vom Wirtshaus.
Foto: USIS Staff Innsbruck (Bierbaumer). Tirol. September 1952.

Gauderfest in Schwaz
Das Publikum zeigte sich vollauf zufrieden.
Fotos und Text: USIS Staff. 4. Mai 1952.

Nachdem saemtliche Veranstaltungen abgelaufen sind, gibt man sich endgueltig und hemmungslos dem Genuss des Gauderbieres hin, was nicht ohne Folgen bleibt.

650-Jahr-Feier der Stadt Solbad Hall in Tirol ›››
Am Nachmittag des Festtages fand ein Schuetzen- und Trachtenumzug statt. Saemtliche Schuetzen-Regimenter von Tirol waren vertreten. Hier sehen wir die Zillertaler Schuetzen.
Foto und Text: USIS Staff Innsbruck (Bierbaumer). Hall. 5. Juli 1953.

KONSUM
KONSUM
ONIALWAREN
DROGERI
Mariahilf
Zillerthaler
Schützen Regiment

Kirtag in Aussee
Fotos: Harry Weber.
1954.

8. KAPITEL
Moderne Zeiten

Felber-Roller-Club
Vor der Burg Liechtenstein.
Foto: Harry Weber.
Wien Umgebung. 1955.

‹‹‹ **Hochzeit der Rollerfahrer**
Vor der Karlskirche.
Foto: Harry Weber.
Wien. 1952.

Es sind Bilder, bei denen das punktgenaue Datum, ja nicht einmal das Jahr eine besondere Rolle zu spielen scheint, weil der Beweggrund für ihr Entstehen gar kein besonderes Ereignis ist. Harry Weber ist ein Meister der kleinen Vorkommnisse, der Auffälligkeiten im Alltag. Harry Weber fotografiert die „weibliche Besatzung" des Felber-Roller-Clubs. Vier Damen präsentieren stolz die neuesten Modelle. In der Hietzinger Hauptstraße gibt es eine Reifenpanne. Ein interessanter Fall für die männlichen und weiblichen Zuschauer, ein Fest für den Meister der kleinen Dinge.
Im modern eingerichteten Kaffeehaus, an der Bar, im Kabarett und vor allem vor dem Radio finden der Bildreporter Lothar Rübelt und die USIS-Fotografen Motive

Hotel Excelsior Velden durch ERP wieder instandgesetzt
Foto: American ISB Staff (Zuber).
Velden. 28. Juni 1950.

zum Studium des p.t. Publikums der 50er-Jahre. Es sind Bilder, wie man sie zu kennen glaubt, aus Bildern, die in den Köpfen sind. Es sind Bilder, die das Flair einer Zeit wiedergeben und neue Vorstellungen prägen. Manches sieht vertraut aus für das „typische Bild" der 50er: diese Lampe, der Sessel und diese Frisur, Heinz Conrads, Horst Winter, Peter Alexander, Ernst Waldbrunn und Karl Farkas, Cissy Kraner und Hugo Wiener, Hilde Krahl und der junge Helmut Qualtinger. Auch für das Genre der Feature-Fotografie hält das USIS-Archiv historische Kontextualisierungen, authentische, zeitgenössische Bildtexte und so manche Überraschung parat.
Die nette Unterhaltung mit dem Barkeeper hat die Dame auf dem Barhocker des Hotels Excelsior in Velden dem ERP-Fonds zu verdanken, wie der Bildtext unterrichtet:

Nachdem aus dem ERP-Fonds 700.000 Schilling fuer die Wiederinstandsetzung des Hotels Excelsior in Velden am Woerthersee, einer der schoensten Landschaften, zur Verfuegung gestellt worden waren, wurde im Maerz d. J. mit den Arbeiten begonnen. Schon im Mai konnten die Hauptgebaeude dem Betrieb uebergeben werden. Jetzt stehen auch die Nebengebaeude des Hotels, das sich ueber eine Flaeche von 40.000 qm ausbreitet, knapp vor ihrer voelligen Fertigstellung und nur einige Handwerker legen noch die Hand fuer den letzten Schliff an. Ein in Kaernten fuehrendes Haus mit rund 130 Betten steht damit den Gaesten wieder zur Verfuegung.

Dies mag nicht mehr besonders überraschen, ebenso wenig die kleine fotografische Pause beim „Wuerstelmann" in Wien. Die kurze Bildgeschichte unter dem Foto soll auch internationalen Besuchern das Wiener Nachtleben schmackhaft machen.
Besonders tiefgründige Einblicke in die Welt der 50er-Jahre liefern Bild und Text zur Ausstellungseröffnung „Milch für jeden Geschmack" am 10. Juni 1954, für die dankenswerterweise die österreichische Milchpropagandagesellschaft verantwortlich zeichnet:

Ein netter Flirt bei einem Glaserl Milch ist der letzte Schrei, seitdem die oesterreichische Milchpropagandagesellschaft ihre Grossaktion zur Hebung des Milchkonsums begonnen hat. Eine Ausstellung „Milch fuer jeden Geschmack" wurde gestern Vormittag in den Raeumen der Staatsdruckerei in der Wollzeile unter den Klaengen des Milchschlagers „Noch ein Glas Milch, denn ich will laenger leben ..." eroeffnet. Die Ausstellung ist an Wochentagen von 8 bis 19 Uhr, an Sonn- und Feiertagen von 9 bis 17 Uhr frei zugaenglich.

Modernes Kaffeehaus
Foto: Lothar Rübelt.
1953.

Der Bericht über die Eröffnung der Designausstellung „Gute Form für alle" des Österreichischen Werkbundes an der Wiener Akademie der Bildenden Künste am 28. März 1953 nimmt sich dagegen mit Hinweis auf die amerikanische Beteiligung schon etwas seriöser aus.

Heutzutage versucht man, allen Dingen eine schoene Form zu geben und die Industrie arbeitet bereits mit Designs von Oesterreichs modernsten Designern wie Auboeck, Jirasek, Niedermoser, Schwanzer, Rainer u. a. Besonders interessant ist die Moeglichkeit, das Design von modernen Geraeten aus Oesterreich und Amerika miteinander zu vergleichen. Dr. E. Wilder Spaulding, Leiter der Abteilung fuer kulturelle Angelegenheiten der Amerikanischen Botschaft Wien, sagte waehrend seiner Eroeffnungsrede, dass die Amerikanische Botschaft in Wien stolz sei, eine Ausstellung amerikanischen Designs im Vergleich mit oesterreichischem Design in so grossem Umfang praesentieren zu koennen. Dies werde dazu beitragen, die Europaeer davon zu ueberzeugen, dass die Amerikaner von heute das Kunsthandwerk und Fachkoennen ihrer Vorvaeter nicht vergessen haben – Faehigkeiten, die diese von ihrer alten Heimat Europa mitgebracht haben.

Der USIS-Bildreporter Riedmann war auf Themen der Kunst, der Mode und der „Damenwelt" spezialisiert. Er zeichnet auch verantwortlich für den schönen Beitrag „Von ‚Turteltaubenblond bis Spanisch-Schwarz'", der den Bericht über ein Preisfrisieren, veranstaltet von der Wiener Friseursinnung anlässlich ihres 275-jährigen Bestehens am 19. Oktober 1953, zum Inhalt hat.
Ein paar Tage später fand er allerdings Zeit, um anlässlich der Sondersitzung des Nationalrates zum 10. Jahrestag der Moskauer Deklaration in die Kakao-, Schokoladen- und Zuckerwarenfabrik Küfferle zu fahren und die Belegschaft zu fotografieren, die der Ansprache des Präsidenten des Österreichischen Gewerkschaftsbundes, NR Böhm, aufmerksam lauscht.

Der Oesterreichische Nationalrat trat heute Vormittag zu einer Sondersitzung zusammen, die dem Gedenken an die Unterzeichnung der Moskauer Deklaration gewidmet ist. Aus diesem Anlass ruhte heute auf Weisung des OeGB in saemtlichen oesterreichischen Betrieben von 9.00 bis 9.05 Uhr die Arbeit. In der Kakao-, Schokoladen- und Zuckerwarenfabrik Kuefferle sitzt die ganze Belegschaft vor dem Lautsprecher und lauscht der Ansprache des Praesidenten des Oesterreichischen Gewerkschaftsbundes, NR Boehm.
Foto: Staff Vienna (Riedmann).
30. Oktober 1953.

Arbeitsplatz – das nächtliche Wien
Will man sich auf einem Bummel durch das naechtliche Wien ein wenig staerken, ist das Ziel der naechstgelegene Wuerstelmann. Beim fahrenden Restaurant der Nachtarbeiter und Nachtschwaermer sind Kellner, Barmusiker, Polizeibeamte, Buehnenarbeiter, Postbeamte und Vertreter vieler anderer Berufe allnaechtlich zu Gast.
Foto und Text: USIS Staff Vienna.
Wien. 25. April 1953.

Die Anfänge des Fernsehens in Österreich werden 1954 mit leichtem Befremden registriert. Im Kaufhaus Gerngross in der Mariahilfer Straße in Wien wird im Februar 1954 ein „Studio" eingerichtet:

Zum ersten Mal haben die Wiener jetzt Gelegenheit zu sehen, wie Fernsehen in der Praxis vor sich geht. In den Raeumen des Kaufhauses Gerngross wurde gestern ein Studio eroeffnet, das bis zum 19. Maerz, taeglich zwischen 11 Uhr und 12 Uhr sowie zwischen 14.30 Uhr und 17.30 Uhr (an Samstagen nur zwischen 10.30 bis 12.30 Uhr) frei zugaenglich sein wird. Eigentlich ist das Fernsehen noch ein Nahsehen, denn die Bildschirme stehen nur wenige Meter von der kleinen Buehne entfernt, auf der die Fernsehkamera kuenstlerische Darbietungen aufnimmt. Die Besucher der Fernsehschau koennen daher gleichzeitig die Arbeit der Kuenstler und des aeusserst geschickten weiblichen Kamera-„Mannes" sowie das Endergebnis des Ganzen auf den Bildschirmen betrachten.

Dennoch blieb das Radio als Nachrichtenmedium noch bis in die späten 50er-Jahre das dominierende audiovisuelle Medium für die österreichische Bevölkerung und wurde demzufolge von den politischen Stellen als weitaus bedeutsamer eingeschätzt. Die Amerikaner nützten die Gelegenheit zu Ausstellungen, um die Arbeit ihres 1945 in Salzburg gegründeten Senders „Rot-Weiß-Rot" zu präsentieren und zu bewerben. Die publikumswirksamen Veranstaltungen des Senders wurden ebenfalls fotografisch dokumentiert und ein eigener Bestand „Rot-Weiß-Rot" im USIS-Archiv geführt.
Im Gegensatz zu den Amerikanern, die mit der Sendergruppe „Rot-Weiß-Rot" Studios in Salzburg, Linz und Wien hatten, wollte die sowjetische Besatzungsmacht keinen eigenen deutschsprachigen Sender in Österreich betreiben, sondern nützte die Sendeanlagen der RAVAG, die bereits am 29. April 1945 mit Hilfe der Sowjets wieder ein tägliches Programm gestartet hatte. Die Sendungen der RAVAG unterstanden der sowjetischen Zensur und seit Ende Juni 1945 gab es allwöchentlich die „Russische Stunde" im Radio, in der über russische Literatur und Musik, „jedoch unter besonderer Betonung der nationalen Kulturleistungen des sowjetischen Volkes" (Rathkolb: 1981: 534) berichtet wurde. Die verstärkte Politisierung der RAVAG erfolgte seit 1947. Von den Entscheidungsträgern der US-Informationsdienste in Österreich wurde die „Russische Stunde" als eines der wesentlichen Gegenargumente beim Departement of State in Washington angeführt, um die von der österreichischen Regierung seit 1950 angestrebte Rückgabe der Sendergruppe „Rot-Weiß-Rot" durch die amerikanische Besatzungsmacht zu verhindern. Die Vertreter einer harten Linie in der Informationspolitik der Amerikaner in Österreich setzten sich durch, denn Mitte April hatte sich General Keyes entschlossen, die Sendergruppe auch nicht teilweise an die österreichische

Milch für jeden Geschmack
Foto: USIS (Riedmann).
Wien. 10. Juni 1954.

Bundesregierung zu übergeben und die Sendeanlagen von „Rot-Weiß-Rot" sogar beträchtlich zu verbessern, um von Wien aus bis in die Sowjetunion und in den Balkan technisch einwandfreie Programme ausstrahlen zu können.
Vor diesem politischen Hintergrund erhält ein USIS-Negativ, von dem im Kapitel „Das geteilte Land" bereits die Rede war, eine ganz besondere Bedeutung. In der von „George Smith" 1952 redigierten Serie „Die Sowjetunion und der Frieden" gibt es eine Fotokarte, auf der man einen älteren Mann und eine Frau in ihrer Wohnung vor einem Radioapparat sitzen und aufmerksam zuhören sieht. Ein wunderbares Foto, das auch, da es – fein säuberlich katalogisiert und im Bildarchiv der österreichischen Nationalbibliothek jederzeit auffindbar – immer wieder als besonders eindrucksvolles Beispiel für die Bedeutung des Radios im Österreich der Nachkriegszeit publiziert worden ist.
Lesen wir nun den Text dazu und machen uns dann ein eigenes, ein neues Bild:

Vaeterchen Stalins Maerchenstunde
Auch den Rundfunk haben die Sowjets in ihren Dienst gestellt. Die Sendungen „Oesterreich hoert Radio Moskau" und die „Russische Stunde" werden taeglich einge Male uebertragen und sind in ihrer Art nicht mehr zu ueberbieten. Der Volksmund nennt sie „Vaeterchen Stalins Maerchenstunde" und duerfte damit kaum unrecht haben.

Von „Turteltaubenblond bis Spanisch-Schwarz"
Foto und Text: Staff Vienna (Riedmann).
Wien. 19. Oktober 1953.

Zur Feier ihres 275jaehrigen Bestandes veranstaltete gestern die Wiener Friseurinnung in den Sofiensaelen einen Kongress, der unter anderem das Preisfrisieren um den Titel eines „Meisters von Oesterreich" beinhaltete. Hans Kammerer erhielt mit seinem Modell (links) den Titel „Meister von Oesterreich" und damit den 1. Preis; Preistraeger im ersten Gang um die Meisterschaft in Oesterreich wurde Herr Steiner, dessen Modell die Wertung wie ihre Kollegin, die Luise Sedlacek-Rick (3. Preis) sass, feierte.

‹‹‹ **Gute Form für alle**
Foto und engl. Text: USIS Staff.
Wien. 30. März 1953.

Die Oesterreichische Handwerkerinnung eroeffnete ihre Ausstellung „Gute Form fuer alle" an der Akademie der Bildenden Kuenste am 28. Maerz 1953. Bei den Ausstellungsstuecken handelt es sich zum Teil um ganz gewoehnliche Essloeffel, Teller, Tische und Sessel, aber alle Gegenstaende sind so markant angeordnet, dass jede Umstellung eines Gegenstandes die Harmonie der Ausstellung zerstoeren wuerde.

Nationalteam wieder in der Heimat ›››
Die oesterreichische Fussballnationalmannschaft, die bei den Weltmeisterschaften in der Schweiz den dritten Platz erkaempfte, traf gestern nachmittag wieder auf dem Wiener Westbahnhof ein, wo ihr tausende begeisterte Fussballanhaenger einen triumphalen Empfang bereiteten. Zur Begruessung waren Bundeskanzler Ing. Raab, Nationalratspraesident Dr. Hurdes und der Praesident des Oesterreichischen Fussballbundes, Justizminister Dr. Geroe, erschienen. Der Bundeskanzler wuerdigte in einer kurzen Rede den grossen Erfolg des oesterreichischen Teams und wuenschte ihm gleichzeitig viel Glueck fuer die Zukunft. Die Polizeimusikkapelle intonierte die Bundeshymne, worauf Dr. Geroe dem Bundeskanzler die Mitglieder der Mannschaft vorstellte.
Foto und Text: USIS (Maier). Wien. 5. Juli 1954.

Düstere Mienen zu Hiobsbotschaft aus Basel
Besser als alle Kommentare zeigen die duesteren Mienen dieser Matchberichtzuhoerer vor einem Radiogeschaeft, wie man in Wien die Hiobsbotschaft von dem 6:1-Debakel gegen Deutschland aufnahm.
Foto und Text: USIS (Nagl). Wien. 30. Juni 1954.

Väterchen Stalins Märchenstunde
Auch den Rundfunk haben die Sowjets in ihren Dienst gestellt. Die Sendungen „Oesterreich hoert Radio Moskau" und die „Russische Stunde" werden taeglich einge Male uebertragen und sind in ihrer Art nicht mehr zu ueberbieten. Der Volksmund nennt sie „Vaeterchen Stalins Maerchenstunde" und duerfte damit kaum unrecht haben.
Foto und Text: USIS Staff. Wien. März 1952.

Kakao-, Schokoladen- und Zuckerwarenfabrik Küfferle
Sondersitzung des Nationalrates: 10. Jahrestag der Moskauer Deklaration. Die ganze Belegschaft lauscht der Ansprache des Praesidenten des Oesterreichischen Gewerkschaftsbundes, NR Boehm.
Foto und Text: Staff Vienna (Riedmann). 30. Oktober 1953.

Schöne Möbel zu erschwinglichen Preisen
Schon seit Jahren zeigt sich auf verschiedenen Moebelausstellungen, dass das Publikum Interesse fuer gediegene moderne Moebel hat. Aber diesem Wunsch wurde bisher nur ganz vereinzelt und in bescheidenem Ausmass von den Fabriken Rechnung getragen. Der Kaukasisch-Nuss-Rundbau beherrschte nach wie vor bis zum Ueberdruss die Schauraeume der Haendler. Nun aber ist es endlich seit Anfang Maerz soweit: es gibt auf Initiative der Arbeiterkammer durch eine gemeinsame Aktion des Oesterreichischen Gewerkschaftsbundes, der Gemeinde Wien und einiger Wiener Moebelfirmen schoene, moderne Moebel zu erschwinglichen Preisen.
Foto und Text: USIS (Riedmann). Wien. 27. April 1954.

Radioausstellung in Linz
Am 5. November wurde in Linz eine Rundfunk-Ausstellung eroeffnet, an der auch der Sender „Rot-Weiss-Rot" teilnahm. RWR zeigte auf großen Tafeln und anhand graphischer Darstellungen die Arbeit der Studios in Wien, Salzburg und Linz.
Foto und Text: USIS (Schuetz). Linz. 11. November 1953.

Studio Wien des Senders „Rot-Weiß-Rot"
Heinz Conrads singt für eine Aufnahme ins Mikrofon, begleitet vom Unterhaltungsorchester des Senders.
Foto: USIS Staff. Wien. März 1954.

Tanzveranstaltung im Volksgarten-Restaurant
Jazz-Kapelle von Horst Winter. Horst Winter singt zu Musikbegleitung ins Mikrofon.
Foto: USIS Staff. Wien. Juni 1951.

Studio Wien der Sendergruppe „Rot-Weiß-Rot"
Aufnahmen zu der Sendung „Musikalische Reminiszenzen". Peter Alexander und Alexander Steinbrecher spielen „Steinbrechers Nachtausgabe".
Foto: Staff Vienna (Nagl). Wien. 29. Dezember 1952.

Radiopublikum
Foto: Lothar Rübelt.
Wien. September 1954.

Rätselsendung „Auf Ja und Nein" des Österreichischen Rundfunks
Aufführung auf der Bühne des Wiener Schwechaterhofs. Heinz Conrads, Maxi Böhm und Harry Fuss.
Foto: Lothar Rübelt. Wien. 29. September 1954.

Neue Rätselsendung wurde geboren: „Auf Ja und Nein"
Eine Schulklasse, wie sie bestimmt nicht sein soll, wurde gestern auf der Buehne des Schwechaterhofes errichtet, und alles, was sich dort abspielt, fing ein halbes Dutzend Mikrophone ein . Der „Lehrer" Ernst Waldbrunn, und die wenigen mustergueltigen Schueler Harry Fuss, Maxi Boehm und Heinz Conrads, hatten sich zum erstenmal fuer die Aufnahme einer Raetselsendung „Auf Ja und Nein" zusammengefunden und sorgten unter Assistenz von Walter Niesner und dem kleinen Orchester des Oesterreichischen Rundfunks fuer eine Bombenstimmung unter den Premierengaesten.
Foto und Text: USIS (Riedmann). Wien. 29. September 1954.

„Auf Ja und Nein"
Heinz Conrads, Maxi Böhm und Harry Fuss.
Fotos: Lothar Rübelt. Wien. 29. September 1954.

Radiopublikum
Foto: Lothar Rübelt.
Wien. September 1954.

Doppelconférence
Studio Wien des Senders „Rot-Weiß-Rot". Aufnahme der 14-tägigen Kabarettsendung „Aktualitätlichkeiten".
Karl Farkas und Ernst Waldbrunn in einer Doppelconférence.
Foto: USIS Staff (Maier).
Wien. 25. November 1950.

Na, und die Männer ...?
Was sagen Sie zu der neuen H-Linie, die noch immer die Gemueter erregt? Gefallen Ihnen die „Bohnenschoten"? - das H kommt nämlich vom franzoesischen haricot, wer es noch nicht wissen sollte. Wir haben einige prominente Wiener Komiker um ihre Meinung befragt.
Wondra & Zwickl:
Der Wondra prueft mit finstrer Miene/Den neuen Frauentyp/Er sagt: „Warum soll ich verzichten/Auf das was mir bis heut so lieb?"/Der Zwickl ruft direkt bestuerzt:/„Das soll die Frau von morgen sein?/So flach und eckig, ohne Rundung,/was braucht man da noch Mann zu sein?"
Foto und Text: USIS (Riedmann).
Wien. 9. Oktober 1954.

Reigen-Express
Studio Wien des Senders „Rot-Weiß-Rot" überträgt aus dem Wiener Bürgertheater das Kabarettprogramm „Reigen-Express". Hilde Krahl und Helmut Qualtinger.
Foto: USIS (Lebduska).
Wien. 28. März 1955.

RWR

‹‹‹ Aktualitätlichkeiten
Studio Wien des Senders „Rot-Weiß-Rot".
Aufnahme der 14-tägigen Kabarettsendung „Aktualitätlichkeiten". Cissy Kraner und Hugo Wiener (Klavierbegleitung) vor dem Mikrofon.
Foto: USIS (Maier).
Wien. 25. November 1950.

Pirron und Knapp
Das beliebte Komikerduo vor dem Rundfunkmikrofon.
Foto: Otto Croy. Wien. Um 1949.

Die 4 im Jeep
Die Wiener Straßenbahnerkapelle vor einem Plakat des Films „Die 4 im Jeep".
Foto: Harry Weber. Wien. 1951.

Volksfest Ottakring ›››
Zuschauer bei einem Damenfußballspiel.
Foto: Otto Croy. Wien. 1947.

Fernsehkiebitze ›››
Seit Inbetriebnahme des Fernsehsenders vom Bayerischen Rundfunk Wendelstein ist in mehreren Orten Oberoesterreichs der Empfang dieser Sendungen moeglich. Gastwirte, die in ihren Lokalen Empfangsgeraete aufgestellt haben, stellten einen gesteigerten Besuch ihrer Gaststaetten fest.
Foto und Text: USIS Staff Linz (Schuetz).
Oberösterreich. Dezember 1954.

Ein Fernsehstudio in der Mariahilfer Straße
Zum ersten Mal haben die Wiener jetzt Gelegenheit zu sehen, wie Fernsehen in der Praxis vor sich geht.
Foto und Text: USIS Staff Vienna (Lebduska).
Wien. 16. Februar 1954.

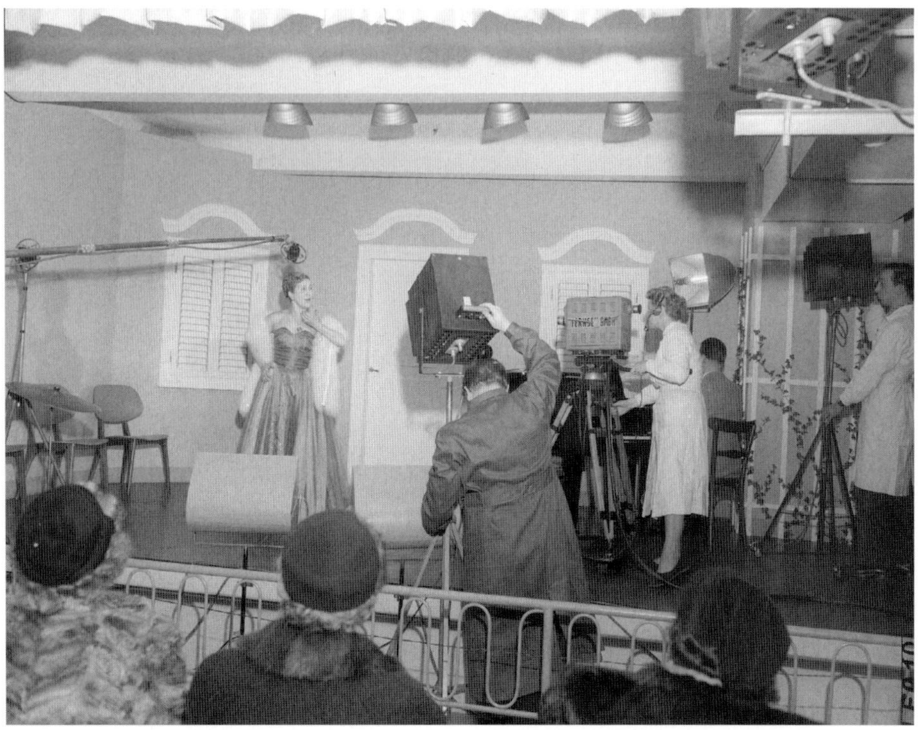

Lionel Hampton and his 16 Black Bombers
Bei ihrem Auftritt im Wiener Konzerthaus.
Fotos: Lothar Rübelt.
Wien. 25. Dezember 1954.

Art Club
Fotos: Harry Weber.
Wien. 1952.

Reifenwechsel
Die Reifenpanne mit anschließendem Reifenwechsel in der Hietzinger Hauptstraße findet interessierte Zuschauerinnen und Zuschauer.
Fotos: Harry Weber.
Wien. 1952.

Annette
Friseur
Herrensalon

9. KAPITEL
Lebenskünstler

Plakatwand vor der Oper
Reklame für den Film „Lebenskünstler" (USA 1938, Regie Frank Capra).
Foto: Lothar Rübelt. Wien. Februar 1947.

‹‹‹ **When I take my best girl to the Prater**
Der 5jaehrige Heini Blahak und die 4jaehrige Jutta Morbitzer marschieren Hand in Hand im strahlenden Herbstsonnenschein durch den Prater. Ein Tag wundervoller Abenteuer liegt vor ihnen.
Foto und Text: American ISB Staff (Okamoto). Wien. 19. Oktober 1948.

1938.

In den USA gelangt der preisgekrönte Film „Lebenskünstler" von Frank Capra in die Kinos. Im nationalsozialistischen Großdeutschen Reich kommt der Film nicht mehr in den Verleih. Im Februar 1947 fotografiert Lothar Rübelt eine Plakatwand in Wien mit der Werbung für diesen Film, der nun zum ersten Mal nach Österreich kommt. Rübelt, der in den 30er-Jahren einen eigenen, meisterhaften Stil in der Sportfotografie entwickelt hatte, führte nach 1945 Auftragsarbeiten als selbständiger Bildjournalist durch wie jene für die MPEA (Motion Picture Export Association).

Laternenputzer
Mann auf Leiter bei der Arbeit vor einem Wiener Park.
Foto: Staff Vienna. Wien. 1954

Yoichi Okamoto ist der Chef der Pictorial Section der United States Information Services in Österreich. Eine der wenigen künstlerischen Bildgeschichten im USIS-Archiv stammt vom Meister selbst. Einen Tag lang begleitet der Leiter der USIS-Bildsektion einen Buben und ein Mädchen bei einem Ausflug in den Prater und verfasst eine höchst persönliche Geschichte, die dennoch in ihrer Dichte und Geschlossenheit nicht nur die individuelle Kunst des Autors zum Ausdruck bringt, sondern gleichzeitig den liebenswerten Blick eines Amerikaners japanischer Herkunft auf Wien und auf ein Wahrzeichen Österreichs im Oktober 1948.

WHEN I TAKE MY BEST GIRL TO THE PRATER!
Vienna – 19 October 1948
Heini Blahak, age 5 and Jutta Morbitzer, age 4, step out for a day's adventure at the Prater.
Bright, autumn sunshine lends zest to the day's gaiety as, hand in hand, Heini and Jutta stroll casually through the Prater discussing its exciting wonders.

WER IN DER WIENERSTADT EIN SUESSES MAEDEL HAT,
DER FUEHRT SIE IN DEN PRATER ...
Der 5jaehrige Heini Blahak und die 4jaehrige Jutta Morbitzer marschieren Hand in Hand im strahlenden Herbstsonnenschein durch den Prater. Ein Tag wundervoller Abenteuer liegt vor ihnen.

In künstlerischer Hinsicht zeichnen sich Okamotos fotografische Werke durch das Spiel mit Licht und Kontrasten und die dadurch erzielte minimalistische Wirkung, die Reduktion auf das Wesentliche aus. Was aber wäre das Wesentliche in dieser Bildgeschichte?
Es ist die Formulierung und die Verbildlichung eines universellen humanistischen Gedankens: Kinder, mit ihren Wunschträumen und ihrem Glücksgefühl, das sie unvermittelt zum Ausdruck bringen, sind auf der ganzen Welt gleich. In einer Bildgeschichte, die vor dem Wiener Riesenrad beginnt und mit Schneewittchen im Prater-Wunderland endet, verdichtet der Künstler die Welt der Kleinen zu einer Bildparabel von der Welt im Kleinen.
Yoichi Okamoto, geboren in New York, Fotolehrer in der US-Army, kam 1948 nach Wien. „When I take my best girl to the Prater" ist eine seiner ganz frühen Arbeiten in Wien. Erstaunlich, dass sie ins USIS-Bildarchiv gelangte, in dem Okamoto-Fotos nur spärlich gesät sind. Seine persönlichen fotografischen Eindrücke über die Wiener Jahre wurden Jahrzehnte später in einem eigenen Werk veröffentlicht. War es ein Zufall? War es eine Laune? Ein Einstandsgeschenk an das Archiv?
In den Jahren von 1948 bis 1955 werden von der USIS-Bildredaktion immer wieder Bildgeschichten und Serien konzipiert, die anhand individueller Schicksale

eine Botschaft transportieren. „Meet some Austrians" nennt sich eine Serie aus dem Jahr 1951, in der unterschiedlichste Menschen, Männer und Frauen, vorgestellt werden.

Berta Reisinger ist Kindergärtnerin und liebt ihren Beruf, Jakob Bauer arbeitet bei einer führenden österreichischen Zeitung, Johann Sassmann ist der Chef einer Gruppe von 49 Kanalarbeitern, Willi Hruca wollte Mechaniker werden und ist jetzt Fensterputzer, Konrad Lust interessierte sich schon immer sehr für Maschinen und ist jetzt Eisenbahner bei den Bundesbahnen, Erich Graf und Frau Berger sind Bibliothekare in einer großen öffentlichen Bibliothek, Hans Gischka ist Maler, Eddy Münzberg ist Techniker, Sepp Wallner ist Bergbauer. Harry Hammerschlag arbeitet als Lokalredakteur beim „Wiener Kurier", der von den Amerikanern geführten Zeitung in Österreich, und Norbert Moser ist Bauernsohn und melkt gut und gerne die Kühe.

Mit der Kamera in der Hand schaut man den Österreicherinnen und Österreichern gerne über die Schulter und verfasst kurze, pointierte biografische Skizzen, die in der Serie ein instruktives Bild über Land und Leute ergeben. Zum Zeitpunkt ihres Entstehens ist nicht klar, ob alle diese Bilder jemals das Licht der Öffentlichkeit erblicken werden. Aber darum scheint es den Bildreportern, die für das Archiv fotografieren und recherchieren, im Augenblick der Reportage noch gar nicht zu gehen: Die Bilder und Texte sind das Ergebnis eines ethnografischen Blicks von außen auf Österreich und die Österreicher, bestimmt nicht nur für die Bildagenturen internationaler Medien in Europa und den USA, sondern auch für österreichische Medien (vor allem den „Wiener Kurier") und die österreichische Bevölkerung.

Lesen wir den Einleitungstext zur Serie „Meet some Austrians":

Die Unterschiede zwischen Voelkern – Sprache, Brauchtum, nationale Ziele – ueberschatten oft, was sie verbindet. Trotz vieler Spannungen und Kriege auf der Welt sind doch die Sorgen der Menschen, der Stolz auf ihre Arbeit, ihre Art, wie sie Probleme erfolgreich oder weniger erfolgreich loesen, ueberall auf der Welt aehnlich. Bauern kontrollieren ihr Getreide in Niederoesterreich und Iowa, Knaben melken Kuehe im Burgenland und in Pennsylvania und Stahlarbeiter in Detroit und Wien, Bibliothekare in Linz (Oberoesterreich) und Capitol Heights (Maryland) verbindet so vieles in ihrer taeglichen Arbeit, was auch grosse Entfernungen ueber Land und Meer, Unterschiede in Sprache und Brauchtum nie zu zerstoeren vermag.

Vielleicht gibt dieser für heutige Ohren etwas pathetisch anmutende Text in seiner historischen Situierung die Antwort oder vielmehr eine mögliche Antwort auf die Fragen zu Okamotos charmanter, kleiner Bildgeschichte.

Dreher
ECA foerdert Produktivitaetssteigerung – Jenbach Der 43jaehrige Hubert Sommer wurde im Werk angelernt. Er arbeitet jetzt als Dreher. Er ist verheiratet, hat zwei Kinder und wohnt in der Werksiedlung.
Foto: ECA. Jenbach. Oktober 1951.

Kohlenschaufler ›››
Arbeiter bei der Zigarettenpause
auf der Halde am Wiener Westbahnhof.
Foto: American ISB Staff.
Wien. August 1950.

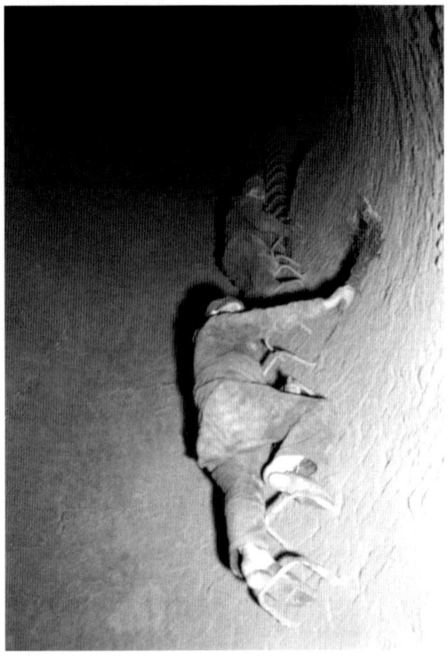

Rauchfangkehrer
Kehrarbeiten im Inneren eines Fabrikschlotes.
Foto: American ISB Staff (Appelt).
Wien. 24. Februar 1949.

In der Serie „Meet some Austrians" und in vielen anderen Bildgeschichten berichten und erzählen von den Amerikanern geschulte österreichische Fotografen, amerikanische Informationsexperten und Presseoffiziere über Land und Leute; manchmal humorvoll und ironisch, manchmal nüchtern und sachlich und immer konform mit einem politischen Auftrag. Es sind Geschichten über Österreich, das Land und die Menschen und die Hilfe der Amerikaner auf dem Weg zu einer demokratischen Gesellschaft.

Aufgrund des Kontextes, in dem sie entstand, durch ihren Autor und seine künstlerische Gestaltung von Form und Inhalt gewinnt die harmlose Geschichte von Yoichi Okamoto eine politische Aussagekraft. Noch viel mehr gilt dies für die vielen kleinen, scheinbar willkürlich aus dem Leben gegriffenen Geschichten im Bildarchiv der amerikanischen Informationsdienste in Österreich.

1945 hatte ein amerikanischer Presseoffizier die Mission und den Auftrag formuliert, der österreichischen Bevölkerung die Werte der Demokratie nach amerikanischem Vorbild zu vermitteln. Der Menschenverachtung und der Auslöschung der persönlichen Freiheit durch die nationalsozialistische Ideologie, aber auch der Negation individueller Freiheit und Selbstbestimmung durch den Kommunismus wird die persönliche Verantwortung des Individuums als politischer Wert entgegengesetzt.

Bei aller berechtigten Kritik an der Schärfe, mit der nach 1947 in der USIS-Bildredaktion die Auseinandersetzung mit den Sowjets geführt wurde, sollte man aber den entscheidenden Beitrag anerkennen, den die Amerikaner und die „österreichischen Amerikaner", die von den Amerikanern ausgebildeten Reporter, zu einer Demokratisierung der österreichischen Gesellschaft nach 1945 leisteten. Sie taten dies in Reportagen, gestrickt nach amerikanischem Muster. Sie berichteten in exemplarischen und individuellen Stories über das Leben und die Handlungen von Menschen, die ihre persönliche Geschichte selbst in die Hand nahmen oder nehmen konnten, weil eine andere Hand sie führte.

War es das, was (zumindest die amerikanischen) Verfasser der Moskauer Deklaration gemeint hatten, als sie für die Regierungen des Vereinigten Königreiches, der Sowjetunion und der Vereinigten Staaten im Oktober 1943 formulierten?

They declare that they wish to see reestablished a free and independant Austria, and thereby to open the way for the Austrian people themselves, to find that political and economic security which is the only basis for lasting peace.

Sie erklären, dass sie wünschen, ein freies und unabhängiges Österreich wiederhergestellt zu sehen und dadurch den Österreichern selbst die Bahn zu ebnen, auf der sie die politische und wirtschaftliche Sicherheit finden können, die die einzige Grundlage für einen dauerhaften Frieden ist.

kg

Wer in der Wienerstadt ein süßes Mäderl hat,
der führt sie in den Prater ...
Fotos und Text: ISB Staff (Okamoto).
Wien. 19. Oktober 1948.

Der 5-jaehrige Heini Blahak und die 4-jaehrige Jutta Morbitzer erleben einen Tag wunderbarer Abenteuer im Prater. In diesem Maerchenland faehrt man sogar einen eigenen Wagen – ein herrliches Gefuehl – wenn es auch nur von kurzer Dauer ist.

Nun nimmt sie „der liebe Schwan" auf die Reise.

„Er" ist splendid und ersteht fuer ganze S.1.75 Zuckerbretzeln und Suessigkeiten.

„Schneewittchen" an der Wand, den Zuckerlutscher in der Hand – wo kann es schoener sein als hier im Prater-Wunderland!

Bürgermeisterin Zenzi Hölzl

Frau Buergermeister ...
Diese Anrede gebührt Frau Zenzi Hoelzl seit sieben Jahren, denn so lange nimmt sie diese Stellung ein. Von 1945 bis 1949 war sie Abgeordnete des niederoesterreichischen Landtages. Die resolute Frau ist bei alt und jung in Gloggnitz, am Fusse des Semmerings beliebt und angesehen.

Fotos und Text: USIS Staff (Maier). 19. April 1955.

„Sie haettens doch viel besser" sagt die Frau Buergermeister zu einem 82jaehrigen Altersrentner, der nicht ins Altersheim gehen will, obwohl er zuhause ohne alle Hilfe ist.

Eine Frau ersuchte um S 150.– Vorschuss, weil sie ihr Kind in das Krankenhaus nach Wien bringen musste.

Rat und Hilfe findet man jederzeit bei der Frau Buergermeister. Das wissen in Gloggnitz alle. Sie ist bekannt fuer ihren urwuechsigen Humor und ihre Faehigkeit, verfahrene Angelegenheiten wieder in Ordnung zu bringen. Im Voruebergehen gibt sie sogar auf der Strasse manchem einen guten Rat.

Zu ihren Obliegenheiten gehoert natuerlich auch der Besuch von Kindergaerten. Die Kinder freuen sich sichtlich sehr wenn Frau Buergermeister sich mit ihnen unterhaelt.

Die kleine Helga darf in Anwesenheit der Frau Buergermeister ihren Mitschuelerinnen vortanzen. Sie hat eben die Aufnahmspruefung in der Ballettschule der Staatsoper bestanden und wird nun in Wien weiter ausgebildet.

Die Frau Buergermeister besucht einen Arbeiter, der einen Unfall hatte, und ueberreicht ihm mit einigen aufmunternden Worten eine finanzielle Zuwendung der Gemeinde.

Auf der Strasse wird die Frau Buergermeister von jedermann gegruesst.

Rat und Hilfe findet man jederzeit bei der Frau Buergermeister.

Trotz Belastung in Beruf und Amt ist Frau Hoelzl eine vorbildliche Grossmutter, die mit ihren Enkeln viel Freude hat.

Die Tabaktrafik fuehrt die Frau Buergermeister seit dem Tod ihres Mannes. Sie ist seit 20 Jahren Witwe.

Die Frau Buergermeister waehrend einer Gemeinderatssitzung im Rathaus von Gloggnitz.

„Frauen stellen ihren Mann"
Fotoserie: USIS Staff.
Wien. 16. Juli 1950.

Die Wiener Dachdeckermeisterin Paula Dietrich bei der Arbeit.

Die Wiener Taxichauffeurin Anna Pichler bei ihrem Auto.

Die Komponistin Sophie-Carmen Eckhardt-Gramatté in ihrem Arbeitszimmer.

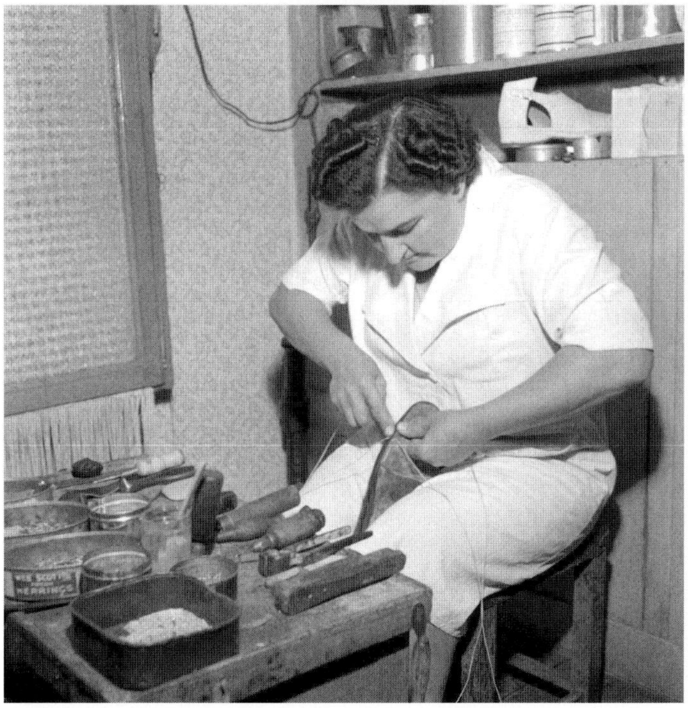

Die Wiener Schuhmachermeisterin Hedwig Adamec bei der Arbeit.

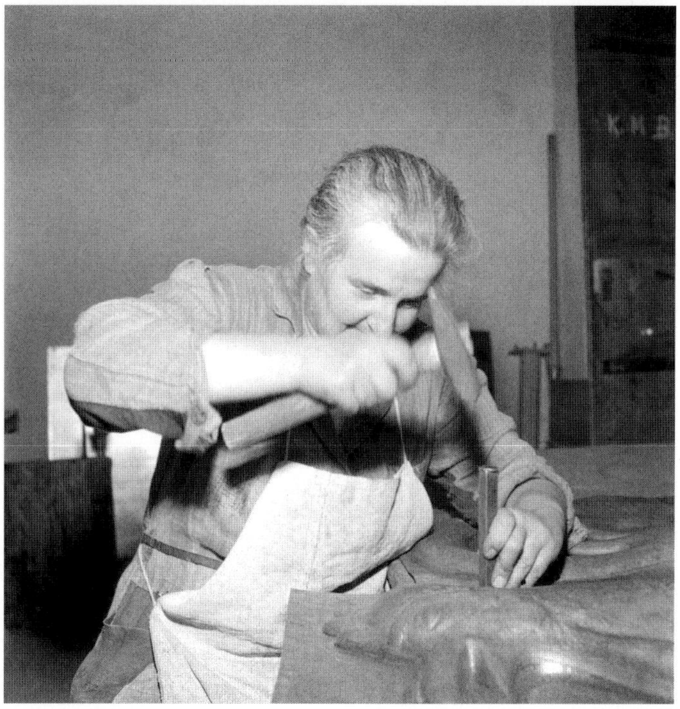

Die Wiener Spenglermeisterin Aloisia Stadtherr bei der Arbeit.

Gebirgsbriefträger Franz Schrall
Fotoserie und Text (engl.): ECA. Oktober 1950.

Die Strecke, die Austraeger Franz Schrall im Gebirge zuruecklegt, befindet sich in der Bergregion Moertschach in Kaernten am Hang der Hohen Tauern. Er bringt die Post den Bauern in Asten und in den umliegenden Bergen in etwa 2000 Meter Seehoehe.
Das Leben dieser Bauern ist arm und einsam. Sie muessen sich abrackern, um waehrend der fuenf Monate guenstigen Wetters ihre Felder bestellen zu koennen. Harte Arbeit ist das Schicksal dieser Bauern – jeden Tag waehrend der kurzen Anbau- und Erntezeit von Sonnenaufgang bis Sonnenuntergang. Sie besitzen keine Maschinen und alle Pfluege- und Erntearbeiten muessen haendisch erledigt werden. In dieser Gegend gibt es keine Telefone, keine Elektrizitaet, keine Transportmoeglichkeiten, keinen Arzt und keinen Friedhof.
Bildung erhalten die Kinder nur waehrend der Wintermonate, wenn ein Lehrer ehrenamtlich Klassen im Dorf von Asten unterrichtet.
In dieser Gegend leben viele alten Bauern, die niemals eine Eisenbahn gesehen oder mit einer gefahren sind.
Letzten Winter war dieses Gebiet fuer zwei ganze Wochen voellig von der Aussenwelt abgeschnitten, da Schneelawinen abgegangen waren, die viel Schaden angerichtet und auch Menschenleben gefordert hatten.
Das ist das Gebiet, das der Austraeger Schrall einmal, manchmal zweimal in der Woche besucht.

Das Bergdorf Asten liegt in 2000 Metern Seehoehe in den Kaerntner Bergen.

Das Bergdorf Asten und die Bauern in der Umgebung sind mit der Aussenwelt durch den Austraeger Schrall verbunden. Er bringt nicht nur die Post, sondern erledigt auch Botengaenge, verbreitet wie der Hausarzt Nachrichten und Klatsch und ist für die Familien, zu denen er kommt, eine Institution.

Gebirgsbriefträger Franz Schrall
Fotoserie und Text (engl.): ECA. Oktober 1950.

Es fuehren keine Strassen die steilen Berghaenge hinauf und die meisten Poststuecke und Pakete traegt Schrall. Haeufig helfen ihm freundliche Bauern, wenn er eine schwere Last zu tragen hat.

Viele Gefahren lauern am Weg. Hier ueberqueren Schrall und ein freundlicher Bauer, der ihm hilft, eine provisorische Bruecke, die über einen Gebirgsbach fuehrt, der aufgrund eines kuerzlichen Unwetters zu einem reissenden Sturzbach geworden ist.

Waehrend der heissen Sommermonate ist es muehsam, die steilen Haenge hinaufzusteigen. Hier macht Schrall einen Moment Pause und nimmt einen Schluck aus einer Gebirgsquelle.

Schrall hat sich von einem Bauern ein Saumpferd ausgeborgt, das seine schwere Last traegt. Der Bauer hat ihm auch Milch und andere Pakete für andere Bauern auf der Strecke mitgegeben.

Schrall bringt Zeitungen, Briefe, Pakete, Telegramme und nimmt die Briefe und Pakete von den Bauern mit. Bei jedem Bauern verweilt er kurz, um Neuigkeiten zu erzaehlen.

Schrall (rechts) ist ein exzellenter Musiker und die Einwohner Astens freuen sich auf seinen woechentlichen Besuch. Einmal in der Woche, nachdem er die Post ausgetragen hat, bleibt er im Dorf, um mit der Dorfband zu musizieren. Er bringt ihnen bei, moderne Jazzmelodien zu spielen.

Die Zustellung zu den Bauern, die meilenweit vom naechsten Postamt entfernt wohnen, erfolgt einmal oder manchmal zweimal in der Woche. Die Bewohner der Kaerntner Berge finden diesen Service nicht ungewoehnlich; es ist fuer sie selbstverstaendlich, Post zu bekommen, wie isoliert auch immer sie wohnen.

Weder Schnee noch Regen, noch Hitze, noch die hereinbrechende Dunkelheit halten Schrall davon ab, seine festgelegte Route zuegig abzugehen.

ECA-Hilfe für die Entwässerung des Gailtales
Fotoserie und Text: ECA. September 1951.

Ing. Herbst aus Rottendorf, Gailtal, ist mit 23 Jahren wohl der juengste Ingenieur Kaerntens, der als oertlicher Baufuehrer eines Entwaesserungsprojektes arbeitet.

Julius Antowitzer, 52 Jahre alt, Landeswasserbauwaerter, arbeitet schon seit vielen Jahren an verschiedenen Entwaesserungsprojekten in Kaernten. Erst seitdem der ERP-Kredit gewaehrt wurde, geht es hier mit mehr Schwung vorwaerts, meint er, und bald wird das Gailtal in fruchtbares Ernteland verwandelt sein. ›››

ECA-Hilfe für die Entwässerung des Gailtales
Fotoserie und Text: ECA.
September 1951.

Wo sich noch vor Jahren weites Sumpfgelaende erstreckte, waechst heute der beste Mais von ganz Kaernten.

Die Baeuerin Maria Tschinder aus Waidegg hatte noch vor einem Jahr 6 Hektar unfruchtbaren versumpften Grund. Nun nach der Entwaesserung freut sie sich ueber die erste so ertragreiche Kornernte.

ERP-Hilfe für das Lavanttal
Fotoserie und Text: MEC.
Oktober 1951.

Peter Mansberger, ein Arbeiter der Papierfabrik Frantschach sagte: „Die Modernisierung und Erweiterung der Fabrik ermoeglicht die Steigerung der Produktion und der Produktivitaet."

Vorarbeiter Peter Potoschnig waehrend der ››› taeglich durchgefuehrten Inspektion der in Arbeit befindlichen Papiermaschine. Diese Maschine hat eine 50 m lange Papierbahn, die mit einer Geschwindigkeit von 100 m pro Sekunde arbeitet.

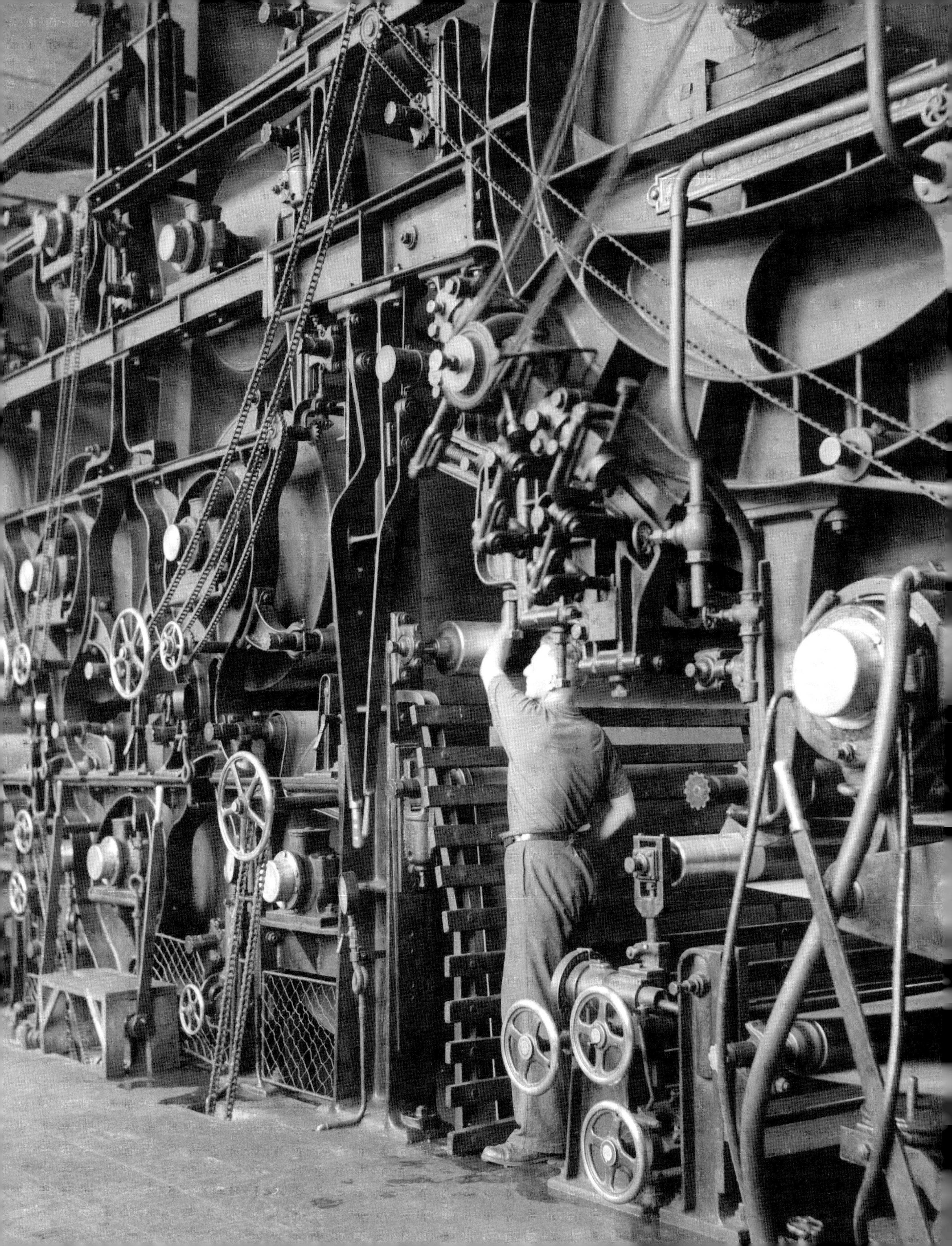

ERP-Hilfe für das Lavanttal
Fotoserie und Text: MEC.
Oktober/November 1951.

Franz Stifter, der Fahrer einer der amerikanischen Raupenschlepper, behauptet, dass er in einem Tag mehr als 200 m Strasse bewaeltigen kann.

Franz Jandl, der typische Bergmann des Lavanttales.
Wie jeder andere Arbeiter ist er auf seinen Beruf sehr stolz.

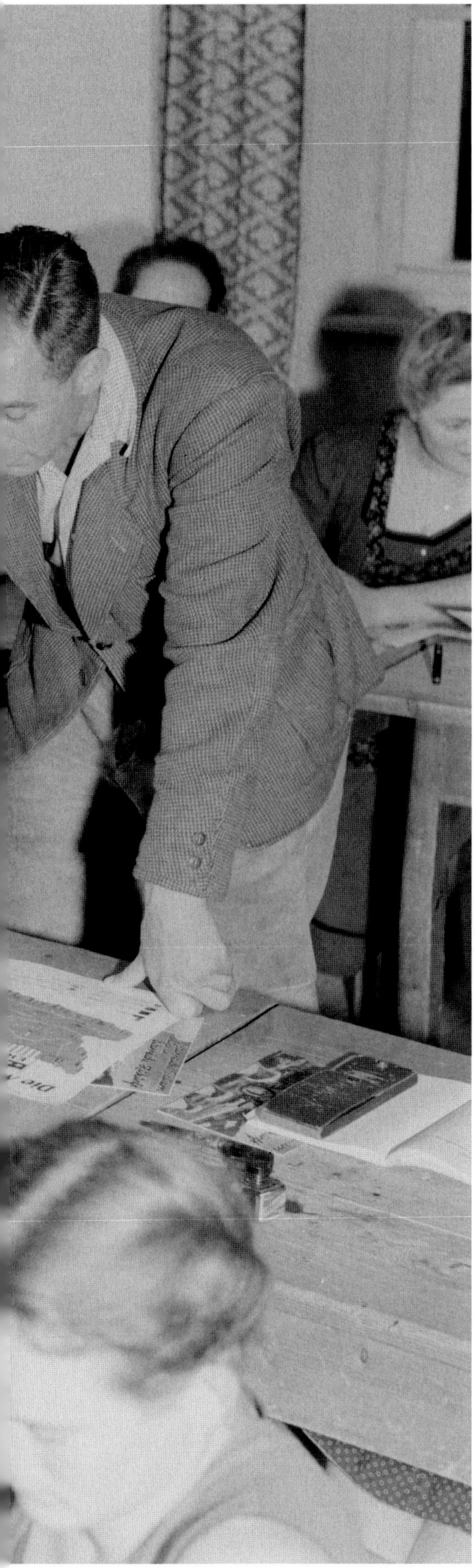

ERP-Hilfe für das Lavanttal
Fotoserie und Text: MEC.
Oktober 1951.

Ing. Siebeneichen, einer der Lehrer an der Landwirtschaftsschule Buchhof erklaert den Maedchen die Projekte zur Foerderung der Landwirtschaft im Lavanttal und ihrer Auswirkungen in der Zukunft.

Die Schuelerinnen der Landwirtschaftsschule Buchhof lernen moderne Fuetterungsmethoden kennen.

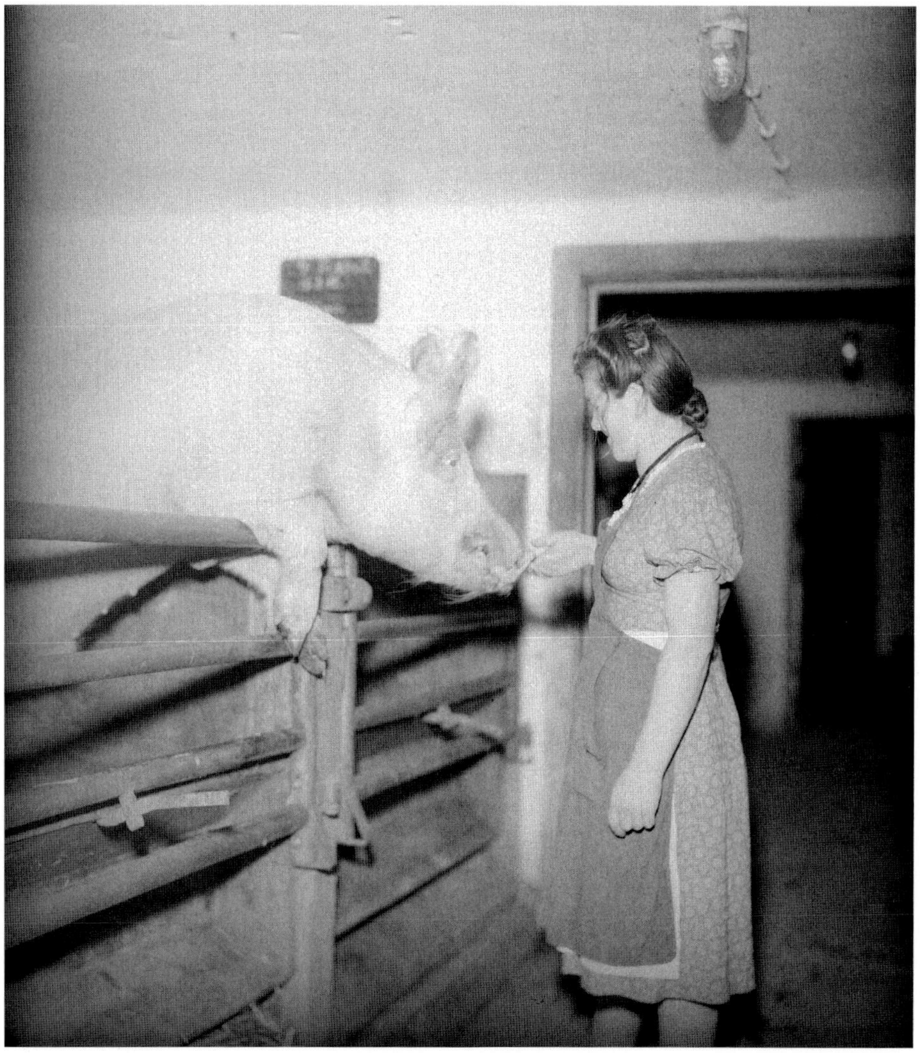

Meet some Austrians
Fotoserie und Text: USIS Staff.
Oktober 1951.

Berta Reisinger

Die 44-jährige Berta Reisinger hatte schon immer eine große Liebe zu Kindern. Als sie das Gymnasium verließ, wollte sie Medizin studieren, um Kinderärztin zu werden, konnte sich das Studium aber nicht leisten. Deshalb wurde sie Kindergärtnerin und auch heute noch, nach 15 Jahren, ist sie von ihrer Arbeit begeistert. Sie sagt: „Obwohl es manchmal sehr schwierig ist, mit einer Horde Kinder zwischen zwei und sechs Jahren fertig zu werden, ist der schönste Lohn für mich das Gefühl, dass die Kinder mich wirklich lieben." Es ist großartig, zu erleben, wie sie ihre kleinen Schützlinge mit Humor und Sympathie behandelt. Berta Reisinger ist Witwe und hat eine fünfjährige Tochter.

Berta Reisinger, aged 44, alsways felt a great love for children. When she left high-school she wanted to study medicine in order to become a pediatrician; but she had no funds to finance her study. So she became a kindergarten teacher and still now, after working fifteen years on this job, she is very enthusiastic about it; she says "Though it is sometimes very hard to get along with such a troop of kids aged two to six, it is the best reward for me to feel that the children really love me". It is marvelous to see how she manages her small chargees with good humour and sympathy. Berta Reisinger is a widow and has a daughter aged 5.

Jakob Bauer

Jakob Bauer ist 60 Jahre alt, verheiratet und hat zwei erwachsene Kinder. Mit 14 begann er seine Karriere und begann als unbezahlter Angestellter in einem großen Wirtschaftsunternehmen. Er blieb 16 Jahre lang in dieser Firma und stieg langsam, aber kontinuierlich in der beruflichen Leiter hinauf: von einem untergeordneten Büroangestellten zu einem Angestellten in der Fakturierung, einem Buchhalter und schließlich zur verantwortungsvollen Position des ersten Buchhalters. Bauer ist stolz darauf, von diesem Zeitpunkt an immer eine leitende Position gehabt zu haben. Zur Zeit ist er Leiter der Buchhaltung einer führenden österreichischen Zeitung.

Jakob Bauer is 60 years of age, married and has two grown-up children. When he was 14 he entered on the business career and started as an unsalaried clerk in a large business-house. He remained 16 years with this firm slowly but constantly raising on the professional ladder from a subordinate office hand to invoice clerk, book keeper and ultimately to the responsible position of a first book-keeper. Bauer prides himself having been always in a managerial position from then on. At the present he is chief of the book-keeping department of a leading Austrian newspaper.

Johann Sassmann

Johann Sassmann, 55, ist Chef einer Gruppe von 49 Kanalarbeitern, die in den unterirdischen Kanälen von Wien arbeiten. Als junger Mann erlernte er das Maurerhandwerk, später wurde er Vorarbeiter bei einem städtischen Straßenbauprojekt und bekam schließlich die Arbeit eines leitenden Kanalarbeiters. Sassmann ist ein ruhiger und besonnener Mensch, der in Momenten der Gefahr – Kanalarbeiter sind immer durch plötzliche Wassereinbrüche gefährdet – rasch, aber ruhig die richtigen Anweisungen gibt. Als er mit dieser harten Arbeit begann, waren die unterirdischen Wiener Abwasserkanäle nur schwach mit Kerzen beleuchtet. Erst Jahre später wurde elektrisches Licht eingeleitet.

Johann Sassmann, 55, is boss of a crew of 49 sewer-men working beneath the city of Vienna. When he was young , he learned the craft of a mason, later he became foreman at a municipial street construction project and finally got the job of a boss sewer-man. Sassmann is a quiet and resourceful man who in the moment of danger – sewer-men are always threatened by sudden floods – will give the right orders, quickly but calmly. When he entered on this this though job. Viennese underground sewage canals were sparcely lit by candles and only years later electric light was fitted in.

Willi Hruca

Wie viele andere Burschen wollte auch Willi Hruca (jetzt 22) Mechaniker werden und in einer Autowerkstätte arbeiten. Obwohl er diesen Beruf erlernte, musste er in der Nachkriegszeit, als zahlreiche Betriebe zerstört waren, seinen Beruf wechseln. Zunächst arbeitete er als Hilfsarbeiter bei einer Hausbau-Firma und jetzt ist er Fensterputzer. Willi erfüllt für diese Arbeit zwei wichtige Voraussetzungen: er ist groß und schwindelfrei ...

Like many other boys Willi Hruca, now 22, wanted to become a mechanic and to work in a car repair shop. Though he was trained for this profession, the post-war situation with so many plants destroyed forced him to switch his work. First he was an unskilled worker with a house-construction firm and now he is a window-cleaner. Willi has the two essential prerequisites for this job: he is tall and he feels no giddiness ...

Konrad Lust

Konrad Lust interessierte sich schon immer sehr für Maschinen, egal um welche Art es sich dabei handelte. Er war Maschinist in einer großen Fabrik, war dann eine Zeit lang arbeitslos, bekam aber schon nach einigen Monaten eine neue Chance: die Stelle als leitender Eisenbahnarbeiter bei den Bundesbahnen war frei. Er bekam diesen Job und arbeitete hart, um ihn zu behalten. Nachdem er viele schwierige Prüfungen abgelegt hat, arbeitet er jetzt als Lokführer und ist sehr glücklich, eine so verantwortungsvolle Aufgabe zu haben.

Konrad Lust always has had an intense interest for machines, no matter what sort of machines. He was machinist at a large plant, later passed a period of unemployment and only after months he was given a new chance: there was an empty for a boss railroadman with the Federal Railways. He got his job and worked hard to keep it. Having passed a lot of severe examinations he now works as loc driver and is most happy to have such a responsible position.

Österreich
52 7210
H
G 56
W M 10
METTA 44
Wien
Wien West

Erich Graf und Frau Berger

Erich Graf und seine Kollegin Frau Berger arbeiten beide als Bibliothekare in einer großen öffentlichen Bibliothek. Erich Graf ist 21 Jahre alt und wurde für diese Arbeit in einem speziellen Bibliothekarskurs ausgebildet. Seine Freizeit widmet er dem Studium der Germanistik und Theaterwissenschaften an der Universität. Er wird bei seiner Arbeit von Frau Berger unterstützt, die 20 Jahre alt ist und dieselbe Ausbildung hat. Frau Berger ist eine Bücherliebhaberin und es ist deshalb kein Wunder, dass sie so glücklich mit ihrer Arbeit an der Bibliothek ist.

Erich Graf and his co-worker Miss Berger are both employed at a large public library as librarians. Erich Graf is 21 and has been trained for this job in a special librarian course. He devotes his spare-time to studies in Germanistic and Theatre Science at the university. He is assisted in his work by Miss Berger, aged 20, who has had the same training. Miss Berger is a bookfan and therefore it is no wonder she is so very happy with her job in the library.

Hans Gischka

51 seiner 65 Jahre hat Hans Gischka in seinem Beruf als Maler gearbeitet. Früher hatte er sein eigenes Geschäft, aber die Inflation und die Wirtschaftskrise nach dem Ersten Weltkrieg zwangen ihn, sein eigenes Unternehmen aufzugeben, und er wurde Angestellter in einem großen Malereibetrieb. Obwohl er in Linz geboren wurde, fühlt und agiert er wie ein geborener Wiener und teilt die Vorliebe der Wiener für Heurige und ein Glas Wein.

Fifty-one of his sixty-five years Hans Gischka has spent on his job as a painter. One time he had had his own shop but inflation and the economic crisis after World War I forced him to give up having his own enterprise and he became an employee at a mayor painters' firm. Though he is born in Linz, he feels and acts like a born Viennese and also shares the Viennese's preference for the Heurigen and a glass of wine.

Eddy Münzberg

Eddy Münzberg ist Techniker. Er träumte immer davon, am Meer zu leben, und als er seine Lehre abgeschlossen hatte, erfüllte sich dieser Traum zum Teil. Er bekam Arbeit bei einer großen Schiffswerft und war am Wiederaufbau der österreichischen Donauflotte beteiligt. Sein Vorarbeiter beschreibt ihn als einen gescheiten Jungen und äußerst verlässlichen Arbeiter.

Eddy Muenzberg is a technician. He always dreamed to live at the sea and when he had finished his apprenticeship he had his dream partly fulfilled; he got a job at a mayor shipyard and helped at the reconstruction of the Austrian Danube fleet. His foreman describes him as a bright boy and most reliable worker.

Sepp Wallner

Der 45-jährige Sepp Wallner ist Bergbauer. Seine Felder liegen am Fuß des höchsten Berges Österreichs, des Großglockners. Die Arbeit ist schwer da oben – er kann stolz auf dieses Getreide sein.

45-year-old Sepp Wallner is a mountain farmer; his fields lie at the foot of Austria's highest mountain, the Gross-Glockner. Work is hard up there – he can be proud to have raised these crops.

Harry Hammerschlag

Harry Hammerschlag, 28 Jahre alt, hatte schon immer großes Interesse am Welt- und Lokalgeschehen und schon als kleiner Bub war es sein größter Wunsch, ins Zeitungsgeschäft zu gehen. 1945 wurde er Journalist bei einer österreichischen Tageszeitung und seit April 1946 arbeitet er beim „Wiener Kurier", der von Amerika geförderten österreichischen Zeitung, wo er jetzt Lokalredakteur ist.

Harry Hammerschlag, now 28 years of age, always took a lively interest in world and local affairs and since he was a boy it was his great desire to enter the newspaper business. In 1945 he became a reporter at an Austrian daily and since April 1946 he has been working for "Wiener Kurier", Austria's American sponsored newspaper, now being local editor.

PAN AMERICAN WORLD AIRWAYS
October 1951
1 2 3 4 5 6
7 8 9 10 11 12 13
14 15 16 17 18 19 20
21 22 23 24 25 26 27
28 29 30 31
ORDNER
1950
KOHLEN-GÜTT

Norbert Moser

Obwohl er noch ein Kind ist, hilft der 12-jährige Norbert Moser, ein Bauernsohn aus Faistenau (Salzburg), seinen Eltern schon bei der Arbeit. Höchstwahrscheinlich wird er selbst einmal Bauer werden, und je früher er die Arbeit erlernt, desto besser. Außerdem scheint er es gerne und gut zu machen.

Though still a child, Norbert Moser, 12-year-old farmer's son of Faistenau, Salzburg, is already helping his parents. Very likely he is going to be a farmer too and the sooner he learns his job the better. Anyway he seems to like it and to do it well.

Der Kaiser ist tot – es lebe der Kaiser
Wer haette den alten Herrn mit weissem Bart noch nicht gesehen, der auf der Strasse mit Wuerde die Rolle Franz Josefs spielt?
Foto und Text: USIS Staff.
Wiener Kurier. 9. Dezember 1950.

‹‹‹ **Die 101-jährige Rentnerin**
Anna Migschitz beim Rechen in ihrem Garten.
Foto: USIS Staff.
Wiener Kurier. 25. April 1952.

Leopold Figl
Foto und Text: USIS Staff.
1952.

Kanzler Figl zuhause beim Befestigen des Teleskops an seinem Lieblingsjagdgewehr, einem „Steirer Stutzen". An der Wand sieht man die Trophäen des Kanzlers; er ist ein leidenschaftlicher und ausgezeichneter Jäger. Der Kanzler trägt die österreichische Nationaltracht, einen grauen Anzug mit grünen Besätzen.

Chancellor Figl in his home attaching the telescope to his favourite sporting gun, a "Steirer Stutzen". On the wall the Chancellor's trophies are to be seen; he is a passionate and excellent hunter. The Chancellor wears the Austrian national costume, a grey suit with green trimmings.

Mister Austria ›››
Bundespräsident Karl Renner
mit amerikanischen Zigarren.
Foto: Otto Croy.
Um 1946.

Yoichi R. Okamoto (1915–1985):
Ab 1939 als Pressefotograf tätig, unterrichtete 1942 an einer Fotoschule der US-Armee, ab 1944 Militärdienst in Europa. Er kam nach dem Ende des Zweiten Weltkriegs als Leutnant der amerikanischen Besatzungstruppen nach Österreich und wurde in Wien zum offiziellen Berichterstatter von General Mark Clark, dem US-Hochkommissar in Österreich, bestellt. Ab 1948 Leiter der USIS-Bildsektion. 1954 kehrte Okamoto in die USA zurück und wurde als Leiter der Fotoabteilung des Amerikanischen Informationsdienstes nach Washington berufen. Von dort holte ihn Lyndon B. Johnson 1963 ins Weiße Haus, wo er als offizieller und persönlicher Fotograf des Präsidenten bis zum Ende der Johnson-Administration arbeitete.

Mehr als 40 österreichische Fotografen und Journalisten arbeiteten für die Bildsektion der US-Informationsdienste in Österreich.
Viele der bedeutendsten österreichischen Fotografen der Nachkriegszeit, wie Gottfried („Jeff") Rainer, Fritz Mayr, Ferdinand Schreiber, Ernst Haas, Lothar Rübelt, Herbert Bayer und Heinrich Mayr, wurden von den Amerikanern ausgebildet bzw. in ihrem Stil der Fotoreportage von den Amerikanern beeinflusst oder arbeiteten in Auftragsarbeiten für den USIS-Bilderdienst.

No wall is too high for the able photo reporter
Foto: USIS Staff Vienna.
Wien. 15. Mai 1955.

Quellennachweis zum USIS-Archiv

S.10: US4b; **S.11:** US4a; **S.14:** US14, US105a, US 102a; **S.15:** US18, US8362/1; **S.17:** US147; **S.28:** US365; **S.29:** US 366; **S.30:** US2679b, US2679f; **S.31:** US8283/14; **S.32:** US132; **S.33:** US123, US150; **S.38:** US13313/7; **S.39:** US13313/2; **S.41:** US9670/1-6; **S.42/43:** US9670/7-18; **S.44:** US4235; **S.45:** US182; **S.46:** US4235/7, US4235/5; **S.47:** US4235/25, US4235/29; **S.48:** US4235/A15; **S.49:** US4235/A2; **S.50:** US4235/33A (=US144); **S.51:** US1514; **S.52:** US1617; **S.54:** US2121b; **S.56:** US3219-US3222; **S.57:** US3229, US3231-US3233; **S.58:** US4235/32A (=US131); **S.72/73:** US1406-US1408; **S.74:** CARE 5 (=US23704), CARE 1 (=US23702), CARE 2 (=US23703), CARE 7 (=US23705); **S.75:** CARE 27 (=US23710); **S.76:** CARE 10 (=US23706); **S.77:** AYA 92 (=US23017); **S.80:** US13234/27; **S.81:** US 11699/3; **S.82:** US11139/31, US 11063/5; **S.83:** US11063/12, US11063/11; **S.84:** US9921/6, US9921/7; **S.85:** US9921/33; **S.86:** US9921/28a, US9921/32, US9921/27, US9921/26, US9921/30, NFR 311(=US24010); **S.87:** US9938/1, US9084/20, NFR 439/1 (=US24498); **S.92:** NFR 154 (=US24048), NFR 254 (=24047), NFR 156 (=US24049), NFR 155 (=US24050); **S.93:** NFR 157 (=US24051); **S.94:** US12168/125, US12168/117, US12168/88 (r.u.); **S.95:** US12168/90, US12168/41, US12168/137, US12168/49; **S.98:** US10487/6; **S.99:** US10487/7; **S.109:** US25519; **S.111:** US25857; **S.112:** US25784-US25789; **S.113:** US25772; **S.114:** US20825; **S.115:** US20803; **S.116:** US8971/1, US8971/10; **S.117:** US8971/9, US8971/8; **S.118:** US1586; **S.119:** US1558a; **S.120:** US1561a; **S.121:** US1559; **S.122:** US1560, US1588, US1562, US1589; **S.123:** US1590; **S.126:** US4351/2; **S.128:** US12250, US11797/2; **S.129:** US21622; **S.130:** ECA 119/6 (=US20783), ECA 119/4 (=US20781), ECA 119/5 (=US20782), ECA 119/7 (US20784); **S.131:** ECA 119/2 (=US20779); **S.132:** US20988, US20924, US20770, US21162; **S.133:** US20681; **S.134:** ECA 277/7 (=US21391), ECA 277/3 (=US21384), ECA 277/9 (=US21390); **S.135:** US20961; **S.136:** US20622, US20847, US20843, US22038; **S.137:** US9654/2, US9654/3, US9654/1, US9654/4; US138: US9654/12, US9654/9, US9654/6, US9654/10; **S139:** NFR 447/6 (=24514), NFR 447/2 (=US24510), NFR 563/2 (=US24586), NFR 563/6 (=US24589); **S.145:** US25800; **S.146:** US13140/39; **S.147:** US9924/2; **S.148:** US10025/58, 8, 11, 17, 25, 67; **S.149:** US10025/66, 27, 35, 41, 74, 72; **S.150:** US10025/1-3, 12-14; **S.151:** US10025/4, 5, 10, 19, 22, 18; **S.152:** US10025/32; **S.153:** US10025/36; **S.156:** US13140/57, 59, 60-64; **S.157:** US13140/66-72; **S.158:** US13140/76, 75, 74, 77; **S.159:** US13140/80-82, 84; **S.160:** US13140/95; **S.161:** US13140/97, 99, 100; **S.168:** US10058/3, US10058/1; **S.180:** US11651/11, 7, 14, 9; **S.181:** US12666/1, US10131/8, US12423/17, US21899; **S.182:** US11845/3; **S.183:** US10821/1; **S.188:** US11900; **S.190:** US10117/1, US10598/2, US12613/1, US21432; **S.191:** US21594, US21902; **S.205:** US9498/18; **S.206:** US9498/25; **S.207:** US9498/9; **S.210:** US24248; **S.211:** NFR 412/236 (=US24295); NFR 412/152 (=US24300), NFR 412/6 (=US24238), US24261, US24330, NFR 412/60 (=US24331); **S.212:** US10324/1, US11351/1, US10231/11, US10688/10; **S.213:** US25229, US10377/190, US139, US10093/6; **S.214:** US11552, US10629/3, US10046/13, 15; **S.215:** US25459; **S.220:** US20796; **S.222:** US10947/3; **S.223:** US12061; **S.224:** 11045/20; **S.225:** US11529/1; **S.226:** US12154; **S.227:** US12147/1; **S.228:** US9921/10a, US11908/5, US11556/3, US11588/1; **S.229:** US23593, US23556, US23505; **S.230:** US12449/2; **S.232:** US23454, US12509/3; **S.233:** US23622; **S.234:** US25452; **S.238:** US11772; **S.239:** US12646; **S.246:** US8004; **S.248:** US11716/2; **S.249:** US21688; **S.250:** US8440; **S.251:** US20795; **S.252/253:** US8004/1-5; **S.255:** US12758/1-4; **S.256:** US12758/6, 8-10; **S.257:** US12758/11, 13-15; **S.258:** US9033/2; **S.259:** US9031/4, US9032/2, US9030/2, US9034/1; **S.261:** ECA 380/1, 2; **S.262:** ECA 380/3-6; **S.263:** ECA 380/7-10; **S.264:** ECA 342/16 (=US21592); **S.265:** ECA 342/12 (=US21590); **S.266:** ECA 342/1 (=US21595); **S.267:** ECA 342/8 (=US21597); **S.268:** ECA 392/63 (=US21790); **S.269:** ECA 392/55 (=US21782); **S.270:** ECA 392/100 (=US21815); **S.271:** ECA 392/15 (=US21758); **S.272:** ECA 392/147 (=US21821); **S.273:** ECA 392/148 (=US21822); **S.275:** US9538/1; **S.277:** US9538/2; **S.279:** US9538/3; **S.281:** US9538/4; **S.283:** US9538/5; **S.284:** US9538/6; **S.287:** US9538/7; **S.289:** US9538/8; **S.291:** US9538/9; **S.293:** US9538/10; **S.295:** US9538/11; **S.296:** US10033; **S.297:** US9123/4; **S.298:** US9987/24

Abkürzungen:

CARE	Cooperative for American Remittances to Europe
ECA	Economic Cooperation Administration
ERP	European Recovery Program
ISB	Information Services Branch
UNRRA	United Nations Relief and Rehabilitation Administration
USFA	United States Forces in Austria
USIA	Uprawlenje Sowjetskim Imuschestwom w Awstrij (Verwaltung des sowjetischen Vermögens in Österreich)
USIS	United States Information Services

Literatur und Quellenangaben

Eerden, Albert: „Talk to US-Editors and Publishers on Information Services Branch Activities" 17. Mai 1947, Washington National Records Center, Record Group 260. Zit. n.: Amerikanische Medien- u. Schulpolitik in Österreich (1945–1950). – Wien 1974. S. 24–25.

Frauenleben 1945: Kriegsende in Wien; Sonderausstellung des Historischen Museums der Stadt Wien, 21. September – 19. November 1995.- Wien 1995. (Sonderausstellung des Historischen Museums der Stadt Wien 205).

Report on ISB operations, 4. Juni 1945. Minifie an Chief of Branch, NA-RG 260/890/85. Zit. n. Rathkolb (1981). S. 65.

Rathkolb, Oliver: Politische Propaganda der amerikanischen Besatzungsmacht in Österreich 1945 bis 1950. Ein Beitrag zur Geschichte des Kalten Krieges in der Presse-, Kultur- und Rundfunkpolitik. (1. 2.) – Wien 1981.

Rauchensteiner, Manfried: Der Sonderfall. Die Besatzungszeit in Österreich 1945 bis 1955. – Graz, Wien, Köln: Styria 1979.

Stourzh, Gerald: Um Einheit und Freiheit: Staatsvertrag, Neutralität und das Ende der Ost-West-Besetzung Österreichs 1945–1955. – 4. Aufl. – Wien, Graz: Böhlau, 1998. (Studien zu Politik und Verwaltung 62)

Wagnleitner, Reinhold: Coca-Colonisation und Kalter Krieg. Die Kulturmission der USA in Österreich nach dem Zweiten Weltkrieg. – Wien: Verlag für Gesellschaftskritik 1991. (Österreichische Texte zur Gesellschaftskritik 52)

Diese Publikation erscheint anlässlich der Ausstellung
Die junge Republik. Alltagsbilder aus Österreich 1945–1955
in der Österreichischen Nationalbibliothek
vom 27. April bis 31. Oktober 2005.
www.onb.ac.at

Kurator: Hans Petschar
Bildrecherche: Michaela Pfundner, Hans Petschar, Herbert Friedlmeier
Plakatpräsentation: Marianne Jobst-Rieder, Christian Maryška
Öffentlichkeitsarbeit: Ruth Gotthardt
Ausstellungsorganisation: Yvonne Benedik
Sponsoring: Elisabeth M. Edhofer
Grafisches Konzept und Gestaltung: Franz Hanns
Umschlag: Maria Schuster
Scans: Monika Kranzl, Norbert Czibula, Andelina Artner
Bildbearbeitung: Monika Kranzl
Lektorat: Michaela Pfundner
Objektbearbeitung: Christa Hofmann, Judith Emprechtinger, Manfred Hennerbichler
Übersetzung: Eva Farnberger

In Kooperation mit der VERSICHERUNG

ISBN 3-8000-7087-1

Coverfotos: „No wall is too high for the able photo reporter",
USIS Staff Photo, 15. 5. 1955, Oberes Belvedere, Wien

Druck: Druckerei Theiss GmbH, 9431 St. Stefan i. L.
7 6 5 4 3 2 1

Ueberreuter im Internet: www.ueberreuter.at